KB020993

당신의 하루를 응원할게요

행복을 미래로 미뤄놓고 살던 시절이 있었습니다.
제 자신이 원해서라기보다는 주변 사람의 기대에
맞춰 이상적인 미래의 제 모습을 설정해놓고, 매일
매일 치열하게 살았습니다.

목표는 차근차근 계획대로 이루어졌지만, 이상하
게 내가 생각했던 목표를 이뤘다고 결코 행복하지
는 않았습니다. 또 다른 새로운 목표를 설정하고,
여전히 그 때 제 감정과 상태를 되돌아보지 않은 채
앞으로만 나아갔습니다.

2019년 초 즈음이었을까요, 강연이 끝나고 청중
들과 질문을 주고받는 자리에서 누군가가 저에게
이렇게 물었습니다.

"젊은 나이에 안정적인 직업도 있으시고, 거기다
책도 쓰셨고, 이루고 싶은 것들을 다 이루시며 나

아가고 계신데 정말 행복하실 거 같아요. 매일 매일 어떤 순간들에서 행복을 찾으시는 편인가요?"

 나름대로 까다로운 질문들도 거침없이 대답하는 편이라고 생각했는데, 질문을 받는 순간 추운 날씨였음에도 불구하고 온 몸에 땀이 나고 얼굴이 빨개졌습니다.
 겨우 겨우 넘어가긴 하긴 했지만, 집으로 오는 버스에서 그 질문이 계속 머리에 맴돌았습니다.
 '나는 어떤 순간들에서 행복을 찾는 걸까?
 아니, 지금 행복하기는 한 걸까?'

 그 순간 주머니에서 스마트폰 진동이 울렸습니다. 주머니에서 스마트폰을 꺼내 화면을 켜보니 오랜만에 반가운 친구가 '민창아, 잘 지내냐?'라고 메시지를 보냈더군요.

오랜만에 각자의 안부를 묻고, 예전에 함께 있었던 일들을 나누며 잠시나마 복잡함을 잊을 수 있었습니다. 친구와 연락을 마무리하고 불현듯 이런 생각이 들었습니다.

'나는 불확실한 미래를 위해 소중한 하루의 사소함을 지나치고 있는 것이 아닐까?'

그 후로 행복을 미래로 미뤄두기보다는, 순간의 사소함들 속에 행복을 찾기 시작했습니다. 그러니 인생이 훨씬 더 행복해지고 풍요로워졌습니다.

오랜만에 온 반가운 친구의 연락, 매일 아침 출근 전 마시는 달달한 바닐라 라떼, 퇴근 후 보는 미세먼지 없는 청정한 하늘 같은 어떻게 보면 사소하다고 생각되는 것들이 우리의 삶에 굉장히 의미 있는 역할을 합니다.

이 책을 읽는 여러분 또한 사소하다고 생각했던
것들 속에서 소중함과 행복을 발견하길 바랍니다.

Chapter 1 당신의 삶을 응원할게요

Chapter 2 인생에서 가장 중요한 날은 오늘이야

Chapter 3 마음에도 립밤이 필요해

Chapter 1

당신의 하루를
응원할게요

무언가를 꾸준히 하기 위해
반드시 필요한 것

싫증을 잘 느끼는 편이라, 오랫동안 유지하고 있는 취미가 몇 가지 없습니다. 그중에 참 시작하길 잘했다고 생각하는 취미가 한 가지 있는데, 바로 독서입니다. 예전처럼 하루에 한 권씩 전투적으로 읽진 못하지만, 대중교통을 탈 때 꼭 가방에 한 권씩 넣어 다니며 야금야금 읽습니다. 한 페이지를 읽더라도, 지금 제 상황에 대입해 생각하고 느끼다 보면 예기치 못한 깨달음을 주는 경우가 정말 많아요.

그렇게 5년 정도 이 취미와 습관을 유지할 수 있었던 이유는 바로, 독서가 저에게 '의무'가 아니라 '욕망'이었기 때문입니다. 어린 시절 부모님과 어른들이 그렇게 독서해라, 독서해라라고 했을 땐 책을 읽기 싫었습니다. '책을 안 읽어도 성공할 수 있어!', '성공한 사람들이라고 다 책을 읽었던 건 아니야!' 정신승리도 하고, 본인들도 안 읽으면서 왜 나한테 잔소리하는 거냐는 괜한 반감을 품기도 했습니다.

그러다 우연히, 정말 우연히 타이밍이 맞물려 좋은 시기에 좋은 친구가 좋은 책을 추천해줘서 깨달음을 얻었습니다. 같은 음식을 먹어도 누군가에게는 대수롭지 않은 한 끼 식사가 되고, 누군가에게는 인생 음식이 되는 것처럼 책도 마찬가지인 것 같습니다. 저는 그 이후로 '의무'로서의 독서가 아닌, 순수한 '욕망'으로서의 독서를 자연스레 체득했고 그 후로 저에게 책은 '읽어야만 해.'라는 숙제의 느낌보다는, '쉬면서 책이나 읽고 싶다.'라는 놀이의 느낌으로 받아들여지게 됐습니다.

철학자 질 들뢰즈(Gilles Deleuze)는 '의무로써 혁명이 이루어진 적은 없었다. 혁명은 의무가 아니라 욕망이다.'라고 말했습니다. 그가 말하는 주장은 유사 이래 존재했던 혁명은 본질적으로 욕망이고, 또 욕망된 것이기에 가능했다는 주장입니다. 쉽게 말해 세상을 바꾸었던 혁명은 '해야만 하는' 의무가 아니라 '너무나 하고 싶은' 욕망으로 가능했다는 이야기예요.

'천재는 즐기는 자를 이기지 못한다.'라는 말이 있습니다만, 즐기는 사람은 이긴다, 진다의 평가에 연연하지 않습니다. 비교하는 순간 그것은 '의무'가 되기 때문입니다.

동기부여도 이와 비슷한 것 같습니다. 누군가를 스스로 움직이게 해야지, 걷지도 못하는 아이에게 억지로 달리기를 가르친다면, 그 아이는 평생 다리를 움직이고 싶지도 않을 겁니다. 본인이 스스로 움직이며 아쉬움과 간절함을 느껴야 할 시기가 아닌데, 누군가에 의해 억지로 그렇게 된다면 욕망이 아니라 의무로, 부담으로 다가오게 되는 겁니다.

그렇기에 누군가의 인생을 함부로 재단하고 조언하는 태도는, 서로가 서로를 배려한다면 지양해야 되는 거 같아요. 그 사람은 그 사람 나름의 '욕망'을 갖고 살고 있을 거고, 또 다른 기회를 간접적으로 제공해주면 됩니다. 그 기회는 행복하게 살고 있는 나를 있는 그대로 보여주는 거겠죠. 상대방이 결코 '의무'로 느끼지 않게 말입니다.

자연스레 체득된 '욕망'은 지속한다, 견딘다는 개념이 아니라 행복하다, 기쁘다의 개념으로 우리의 인생에 자리 잡아, 우리의 삶을 훨씬 더 다채롭게 만들어줄 거예요.

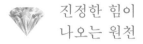

진정한 힘이 나오는 원천

저는 원주에서 3년째 독서 모임을 운영 중입니다. 독서 모임을 운영하다 보니, 정말 다양한 사람들과 다양한 상황에 맞닥뜨리게 됩니다. 8명이 모인 자리에서 한 시간 반의 모임 시간 중 혼자 1시간 동안 얘기하는 사람. 어려 보인다고 초면에 상대방에게 반말을 하는 사람. 독서 모임에 관심 있다고 해서 만났는데 뜬금없이 호감(?)을 표시하는 사람. 그리고 다양한 주제들 이를테면 젠더 이슈, 정치, 종교 같은 부분이겠죠. 모임을 진행하고 중재하는 입장에서 이런 주제에 관해 이야기 하는 상황은 항상 민감하고 힘듭니다.

처음엔 이성적으로 의견을 개진하나 싶어도, 어느샌가 감정적으로 상대방을 공격하고 마지막엔 서로 기분이 상해서 끝나는 경우가 대부분이었어요.

그런 날은 독서 모임이 끝나면 녹초가 되어 집에 와서 씻지도 못하고 잠들곤 합니다. 모임에 에너지를 너무 많이 쓴 거죠. 그래도 모임을 진행하는 덕분에 사람들을 마음 깊숙이 이해하고 포용하는 능력이 조금은 발달하지 않았나 싶습니다.

예전에 독서 모임에 30대 중후반의 여성분이 오셨습니다. 이분은 굉장히 특별한 분이었습니다. 독서 모임에서 나이가 제일 많으셨음에도 불구하고 20대 초반 대학생들에게도 먼저 허리를 굽혀 인사했고, 모임 중에도 다른 사람들이 의견을 얘기하고 나서 가장 마지막에 얘기를 하셨습니다. 자신과 다른 의견이 있다고 하더라도, 항상 "아, 너무 좋은 얘기 해주셔서 감사합니다. 저도 ○○씨의 얘기에서 이 부분은 굉장히 좋게 느껴졌습니다. 거기서 저는 약간 다르게 생각하는 부분이 있는데, ○○ 부분에서 저는 이런 경험들을 해봐서요…"라며 조심스레 의견을 제시했죠. 참 배려 깊고 우아한 분이셨습니다.

1년 전이었을까요, 민감한 주제로 모임의 분위기가 과열된 상황이었습니다. 다들 자신의 의견을

감정적으로 개진했고, 저는 과열된 분위기를 가라
앉히기 위해 진땀을 흘리고 있었어요. 정말 힘든 상
황이었는데 그때 그분이 말을 꺼냈습니다.

"이 주제는 사실 조금은 민감한 주제인 것 같아
요. 혹시 괜찮으시면 끝나고 같이 나눌 분들은 남아
서 얘기하면 어떨까요?"

그 이야기에 순식간에 분위기가 바뀌었고. 그렇
게 몇 번 그분의 도움을 받아 민감한 주제를 현명하
게 넘기는 방법에 대해서도 체득할 수 있었습니다.

그분은 참 젠틀했고, 나도 저렇게 나이 들고 싶
다는 생각이 들게 하셨습니다. 그리고 그분에 대해
궁금해졌습니다. 제가 용기를 내서 몇 번 여쭤봤지
만 끝내 웃으며 말씀은 안 해주셨어요. 그런데 그분
과 독서 모임에 함께 오신 지인분이 저에게 그분에
대해 말씀해주셨습니다. 참 대단한 분이라는 얘기
를 해주셨고, 저는 놀라기보다는 당연하다는 생각
이 들었죠. 그런 분이셨으니까요.

<인생 수업>이라는 책에 이런 구절이 나와요.
"우리의 진정한 힘은 사회적 지위나 넉넉한 은
행 잔고, 번듯한 직업으로부터 나오는 것이 아닙니

다. 진실하고 강인한, 그리고 고귀한 내면에서 나오는 것입니다."

가만히 있어도 아우라가 느껴지는 사람이 있습니다. 말 한마디에 자신감이 있되, 자만심은 결코 느껴지지 않고 상대방의 말을 경청해주면서도 자기주장은 확실하게 하는. 이런 사람들과 함께 있으면 그 사람이 누군지 궁금해지고 알아가고 싶어집니다. 말을 할 때와 하지 않을 때를 알고 움직일 때와 움직이지 않을 때를 아는 사람들 말입니다.

많은 사람들이 자신의 그럴듯한 성취를 통해 사람들에게 호감을 사고 싶어 합니다. 그런데 이것을 본인의 입으로 얘기하면 역효과가 나게 됩니다. 현명한 사람들은 상대방으로 하여금 궁금증을 유발합니다. 언젠간 상대방이 그 부분을 자연스레 알아차린다는 사실을 잘 알고 있기 때문입니다.

바다에 퇴적물이 쌓이듯, 그렇게 강인하고 고귀한 내면을 가지려면, 많은 경험과 연습이 필요한 것 같습니다.

저도 부족하지만. 그렇게 조금씩 퇴적물을 쌓는 연습을 하고 있습니다. 어느 정도 쌓이다 보면 저도 그분처럼 괜찮은 사람이 되지 않을까 싶습니다.

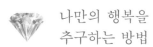

나만의 행복을
추구하는 방법

알게 된 지는 얼마 안 됐지만, 제가 마음 깊숙이 따르는 형이 있습니다. 명문대 출신에 다양한 대외 활동으로 맺어진 폭넓은 인맥, 누구나 부러워할 만한 워라밸이 보장된 회사에 취업했지만, 대학 때부터 꿈꾸던 일을 하기 위해 과감하게 퇴사를 결정. 힘든 시기가 있었음에도 본인의 엄청난 노력으로 꾸준하고 폭발적으로 성장하는 중입니다. 최근에 그 형에게 연락이 왔습니다.

"민창아, 잘 살아?"
"네, 형 요즘 너무 잘 나가던데요. 부러워요."
"형이 무슨…. 그냥 살지. 힘들고 지칠 때도 있어."
"형, 그래도 형은 하고 싶은 일 하면서 살잖아요. 전 그게 너무 부러워요."
"민창아, 근데 그게 업(業)이 되니까 확실히 부담이

되는 거 같아. 난 네가 부럽다. 남의 떡이 더 커 보이나봐."

"그러게요. 제 떡은 맛은 없지만 양은 많죠. 형, 형은 행복해요?"

"행복? 행복하기 위해 사는데 잘 모르겠어. 내가 잘하고 좋아하는 일을 한다고 해서 매번 행복하지만은 않더라. 난 무대에 올라가는 건 좋아하지만, 그외의 것들은 사실 쉽지 않아. 그리고 안정적이지가 않기에 고민이 많아. 모두가 작은 고민을 가슴 한편에 품고 살지 않을까? 그리고 더 나은 미래를 맞이하기 위해 열심히 사는 거고."

근 몇 년 사이에 서로에 대한 안부를 묻는 형식들이 많이 변했습니다. 예전엔 직접 만나서 얘기했다면, 요즘은 상당수가 SNS로 서로의 근황을 확인합니다. 그리고 사람들은 SNS에 힘든 일, 우울한 일보다는 행복한 일, 좋은 일만 올립니다.

'나는 이번 휴가 때 제주도 다녀왔는데, 이 친구는 러시아 다녀왔네.'

'왜 이렇게 호캉스를 자주 가는 거야. 진짜 부럽다.'

갖고 있던 상대방이 행복할 거라 믿어 의심치

않으며, 반대로 나의 행복은 잃어버리는 경우가 많습니다. 행복을 비교의 덫에 빠뜨리는 겁니다. 서로의 행복의 기준이 다 다르고, 좋아하는 게 다름에도 불구하고, 천편일률적인 기준의 잣대로 서로를 평가하고 재단합니다. 갖고 있던, 본인의 행복을 추구하는 사람들도 자연스레 그 기준에 맞추게 되는 경우가 많습니다.

행복은 상대적인 것이 아니라 절대적인 것입니다. 그렇기에 남들과 비교하지 말고 나만의 행복을 추구하세요. 보여주는 삶이 아니라, 오롯이 나만의 가치를 추구하며 나아갈 때 비로소 충만한 행복감을 느끼실 수 있을 거예요.

'삶의 의미'를 생각하며
살아가야 하는 이유

심리학자 '빅터 프랭클'은 2차 대전 당시 유대인이라는 이유로 아우슈비츠 수용소에 갇힌다. 그는 수용소의 많은 수감자들 중에서 체력이 남달리 뛰어난 사람들이나 남달리 민첩하게 살아가는 요령을 터득하는 사람이 참혹한 학살 속에서 끝까지 살아남을 것이라고 생각했다.

그러나 마지막까지 살아남은 사람들은 그런 사람들이 아니었다. 붉은 저녁노을의 장엄함, 동료의 흥얼거리는 노래, 수용소 입구에 핀 들꽃 같은 작은 것에 감사하는, 극심한 굶주림 속에서도 병든 동료들에게 자신의 빵을 나누어주던 사람들이 끝까지 살아 남았던 것이다.

빅터프랭클은 훗날 그의 수용소에서의 경험을 담은 저서 <죽음의 수용소에서>에서 최후의 생존자들을 가리켜 '최후의 자유를 지니고 있었던 사람' 들이라고 불렀다.

최후의 자유란, 인간이 외부의 환경에 스스로 의미를 부여할 수 있는 자유였다. 즉, 나치가 그들의 육신을 마음대로 하더라도, 그들의 '삶의 의미'를 생각하고 '살아가야 하는 이유'를 생각하는 것을 막지는 못했던 것이다.

인간은 자신의 삶에 대해 끊임없이 고찰하여야한다. 그것이 우리가 이 세상에 태어난 이유고, 그로 인해 우리는 완전한 자유를 선물 받을 수 있는 것이다.

타인을 의식하면
잃게 되는 것들

살아가며 항상 저는 타인의 시선을 의식했기에, 남들이 봤을 때 이상하게 여길까 봐 새로운 것을 시도하지 않았던 적이 있었습니다. 그런데 조금은 그 틀을 깨고 처음으로 새로운 것을 시도했을 때가 있었는데요, 2010년도에 개봉한 <스텝 업3>라는 댄스 배틀 영화를 보고 난 뒤였습니다. 아름다운 목소리나 감동적인 스피치만이 사람의 마음을 움직이는 게 아니라, 말을 하지 않아도, 음악에 맞춰 감정을 몸으로 표현하는 것도 정말로 가슴 벅찬 울림을 주는구나. 하는 생각이 들었어요.

영화를 보고 나서도 그 여운이 쉬이 가시지 않았고, 며칠 뒤 덜컥 집 근처 댄스학원에 등록하게 됩니다. 몸치 탈출반에서 처음 수업을 시작하는데, 주변에는 다 중학생들 고등학생들, 심지어는 초등학생도 있었고 제가 거기서 제일 나이가 많아 보였습니다. 선생님의 동작을 따라하는 데 거울 속에 제 모습이 어찌나 못나 보이고 초라해 보이던지 쥐구멍 속으로 숨고 싶을 지경이었습니다.

'저 친구들은 날 보고 엄청 비웃겠지.'
'나 진짜 춤에 재능이 없는 거 같네.'

그렇게 정신없이 한 달이 흘렀고, 처음으로 연습이 끝나고 근처 맥도날드에서 선생님과 학생들과 같이 저녁을 먹게 되었습니다. 저는 한 달 만에 처음으로 학생들과 얘기를 하며 지금까지 느꼈던 것들을 뱉어냈습니다.
"아, ○○씨는 진짜 춤 잘 추던데, 어떻게 그렇게 잘 추세요?"
"선생님, 춤 잘 추려면 어떻게 해야 돼요? 저 진짜 너무 최악인 거 같아요."
"저는 왜 이렇게 안 늘죠? 재능이 없는 거 같아요."

이렇게 말해야 그들이 좀 더 저를 덜 웃기게 보고 더 챙겨줄 거 같았습니다. 그런데 의외로, 선생님이 그 자리에서 저한테 이렇게 얘기하셨습니다.

"누구보다 열심히 땀 흘리고, 누구보다 열심히 하시는 것 같아요. 춤 춘지 얼마 안되셨으니까 힘들고 어려운 건 당연한 거예요. 그리고 남들 시선 신경 쓰지 마시고, 온전히 거울에 비친 자기 자신에게만 집중하세요. 학생들도 자기 자신 동작 느낌 내느라 바빠서 생각보다 남들 볼 여유 없어요. 그러니 걱정하지 마시고요. 이렇게 열심히 꾸준히 하시면 분명 많이 느실 거예요."

그때 선생님의 그 말이 저에게는 정말 큰 힘이 되었던 거 같습니다. 그리고 레슨 후에도 그 선생님에게 개인 교습을 받으며 처음보다는 훨씬 더 실력이 많이 늘 수 있었습니다. 그때 제가 그 질문을 하지 않았더라면 혼자 끙끙 앓다 정작 저에게 관심도 없는 타인의 시선을 의식해서 춤이라는 정말 즐거운 취미를 놓아버렸을 수도 있을 것 같아요.

살다 보니 주변에 저와 비슷한 고민을 하는 사람들을 많이 볼 수 있습니다. 그리고 그 고민의 대부분은 자기 자신이 하고 싶은 것보다, 타인이 이런 나를 어떻게 볼지에 초점이 맞춰져 있는 거 같아요.

'저는 내향적인 사람인데, 이런 활동적인 걸 하

면 사람들이 이상하게 보지 않을까요?'

아무도 신경 쓰지 않는 본인만의 스테레오 타입을 정해놓고, 그 집 밖으로 나가려 하지 않습니다. '사람들이 나는 A타입이라고 했어. 근데 지금 내가 생각하는 건 B야. 그러니 이건 내 타입과 맞지 않아.'

그런데 살아보니 그런 타입이 딱 떨어지는 경우는 보지 못했던 거 같아요. 농구를 좋아해서 축구도 좋아할 줄 알았는데, 축구가 아니라 독서를 좋아하는 경우. 영어를 잘해서 되게 외향적일 줄 알았는데, 알고 보니 되게 소심한 경우.

그렇기에 타인의 시선을 의식해서 자기 자신을 억누르고 가두게 된다면, 누구보다 상처받고 힘든 건 자기 자신입니다. 나중에 '그때 했어야 됐는데.' 하고 후회하는 것보다, '그때 참 재밌었지.' 라며 흐뭇하게 과거를 회상하는 편이 백배 낫습니다. 하고 싶은 게 있다면 후회하지 말고 시도해보세요. 그리고 그 안에서 또 다른 기쁨과 행복을 찾으시길 바랍니다.

특별하지 않다는 것이
특별한 것이다

주위를 둘러보면 이런 친구들이 있습니다. 남부럽지 않은 다양한 재능이 있으면서도 자신은 뭔가 특별한 게 없다며 자신을 깎아내리고 부정적으로 말하는 친구들 말입니다. 이런 경우는 겸손이라기보다는 자존감이 낮아서 매력이 반감되는 경우가 많았던 것 같아요. 반면에 별 특출난 재능이 없지만, 항상 자신감에 가득 차 있고 그 긍정 에너지를 주변에도 전파하는 친구들도 있습니다. 그런 친구들은 보면 볼수록 매력이 있었던 것 같습니다.

최근에 무라카미 하루키의 <색채가 없는 다자키 쓰쿠루와 그가 순례를 떠난 해>라는 소설을 읽었습니다. 이 책의 주인공 쓰쿠루는 둘도 없는 친구들에게 영문을 알지도 못한 채 절교를 당합니다.그리고 십여 년이 지나고, 여자친구의 도움으로 용기를 내어 그때 친구들을 하나하나 찾아가서 오해를 푸는 과정을 그려낸 소설입니다. 쓰쿠루는 항상 소외감을 느꼈습니다. 왜냐하면 5명의 패밀리 중 그만 이름에 색깔이 들어가지 않았기 때문입니다. 그리고 실제로 쓰쿠루 자신도 본인의 평범함에 아쉬움을 느낍니다. 그리고 헬싱키에 사는 구로라는 친구를 찾아가서 오해를 풀고 이야기를 하는 도중, 그런 얘기를 꺼내죠. '난 항상 너희가 부러웠어. 본인의 색깔이 뚜렷했잖아.'

그러자 구로라는 친구는 쓰쿠루에게 이렇게 얘기해요, '혹시 네가 텅 빈 그릇이라 해도 그거면 충분하잖아. 만약에 그렇다 해도 넌 정말 멋진, 마음을 사로잡는 매력적인 그릇이야. 자기 자신이 무엇인가, 그런 건 사실 아무도 모르는 거야. 그렇게 생각 안 해? 네 말대로라면, 정말 아름다운 그릇이 되면 되잖아. 누군가가 저도 모르게 그 안에 뭔가를 넣고 싶어지는, 확실히 호감이 가는 그릇으로.'

예전의 저를 떠올려 봐도 그랬던 것 같습니다. 항상 저의 단점만 생각하고 저에 대해 부정적으로 생각했던 것 같아요. 그런데 살아가며 생각해보니,

주변 시선을 의식해서 굳이 색깔이 있는 척 티를 내다보니 제 자신을 잃어버리는 느낌이 들었습니다. 그리고 그렇게 억지로 칠한 색깔은 언제든 쉽게 지워졌어요.

그리고 있는 그대로의 나를 드러내자는 생각을 했습니다. 욕먹어도 하고 싶은 걸 하고, 비난이나 두려움을 온전히 받아들여야겠다고 말입니다. 누군가는 자신의 색깔을 온전히 담아줄 투명한 그릇이 필요할 것이라는 생각이 들었습니다. 그리고 그렇게 살다 보니 예전보다 훨씬 더 행복한 삶을 살 수 있게 됐습니다. 그런 생각을 해봅니다. 색깔이 없다는 건, 어느 색깔과도 어울릴 수 있다는 것. 그리고 그 튀는 색깔들 사이에서 편안함을 추구하는 누군가의 선택을 받을 수도 있지 않겠냐는 생각이요.

나만의 특색을 찾지 못했거나, 찾는 과정에서 스트레스를 받는다면 잠시 내려놓으셔도 괜찮다고 말씀드리고 싶어요. 투명한 여러분의 모습을 사랑해줄, 자신의 색깔을 아름답게 칠해줄 누군가가 분명 여러분 곁에 나타날 겁니다.

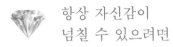

항상 자신감이
넘칠 수 있으려면

저는 군 생활을 간부로 빨리 시작한 편입니다.
갖고 있던 같이 생활하는 병사들이 다들 형이었습
니다. 처음 간부 생활을 하면서 형들에게 반말을 하
고 일을 지시해야 하는 입장이 되니 여간 당혹스러
운 게 아니었지만, 다행히 참 좋은 병사들과 근무를
했었던 거 같습니다.

그중에 남식이라는 병사가 있었습니다. 저보다
1살 많았고요. 상병이었습니다. 머리도 똑똑하고
성격도 좋았으며 인간관계도 정말 좋았습니다. 그
때 당시 숫기도 없었고 말만 해도 얼굴이 홍당무가
되던 저는 남식이 형이 부러웠습니다. 항상 당당해
보였기 때문입니다.

함께 작업을 하다 잠시 쉬는 시간에 남식이한테

어떻게 항상 그렇게 자신감이 너치냐고 물었습니다. 그러자 남식이가 웃으며 저한테 이렇게 얘기했었어요.

"3할 타자가 왜 3할 타자인지 아십니까? 10번 중에 3번을 잘 쳐서 그렇습니다. 그런데 공에 맞는 게 두렵고 병살타를 칠까 봐 두려워해서 스윙을 안 하고 가만히 있으면 0할입니다. 타율이 없는 겁니다. 10번 중에 3번만 잘 쳐도 좋은 연봉도 받고 성공적인 커리어를 이어갈 수 있습니다. 전 그렇습니다. 처음엔 누군가에게 먼저 말을 걸고 대화를 주도하는 게 참 힘들지만, 그 과정을 이겨내면 매사에 자신감이 생기고 할 수 있겠다는 확신이 생깁니다. 아마 그걸 느끼지 않으셨을까 생각합니다."

아마 남식이도 처음엔 저같이 숫기 없고 말도 잘 못했을 겁니다. 그렇지만 그걸 이겨내기 위해 무던한 스윙을 했겠죠. 그리고 많은 경험들을 통해 좀 더 효과적으로 상대방에게 다가가는 법을 몸소 체득했을 겁니다. 언제든 안타를 만들어낼 수 있는 양준혁같은 선수가 된 거죠.

돌아보면 저도 인생에서 참 많은 병살타와 뜬공을 만들어냈습니다. 젊은 혈기로 이리저리 부딪혀서 와장창 깨져도 보고, 인간관계에서 많은 흑역사도 만들어 보고, 제 잘못된 언행과 행동으로 정말 친했던 친구와도 멀어져 봤습니다.

하지만 그런 경험들이 제가 인생이라는 타석에서 실패라는 병살타와 뜬공을 두려워하지 않게 만들어줬던 것 같습니다. 온전히 타석에서 투수가 던지는 도전이라는 공에만 신경을 쓰게 해준 것 같아요. 지금도 3루타나 홈런은 꿈도 못 꿉니다만, 한 번씩 2루타를 치거나 안타를 쳤을 때 그 짜릿한 손맛을 느낄 줄 아는 제 자신이 참 행복하다고 느낍니다.

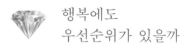

행복에도
우선순위가 있을까

음식을 먹는 즐거움은 정말 감사하고 눈물겨운 행복입니다. 이런 행복을 누리지 못하는 사람이 너무도 많기 때문입니다. 하지만 이런 행복은 포만감이 생기면 사라집니다. 그런데 배부른 행복이 사라지더라도 좀 더 긴 시간 남겨지는 행복도 많습니다.

좋은 음악 한 곡을 들으면, 음악은 귓가를 맴돌면서 한 달 내내 아름다운 향기를 만들어줍니다. 그것이 바로 음악의 행복입니다. 정말 감동적인 영화 한 편을 보면, 그 영화가 만들어낸 마음속 '깊은 울림'이 쉽게 사라지지 않습니다. 좋은 책 한 권이 주는 행복이 있습니다. 내 모습을 깨닫게 하는 그런 책 한 권을 읽으면, 그 행복은 푸르른 강산이 모습을 새롭게 하는 10년, 혹은 일생을 사는 동안 나와 동행을 할 수도 있습니다.

하지만 무엇보다 중요한 행복은 좋은 사람과의 '만남'입니다. 음식, 음악, 영화, 책은 자신의 의지와 노력이 있다면 만들어낼 수 있는 행복이지만, 사람과의 만남은 그렇지 않습니다.

마음처럼, 혹은 뜻대로 되지 않을 수도 있기 때문에. 그렇기에 마음이 맞고 뜻이 맞는, 좋은 사람을 만난다는 것은 인생의 가장 크고 소중한 행복입니다.

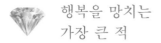

행복을 망치는
가장 큰 적

최근에 옥수역 근처에서 흑맥주를 마시고 육교를 올라가서 좀 걸었는데, 차들이 지나가는 속도가 무섭도록 빠르게 느껴졌습니다. 그런데 생각해보니 고속도로에서 차를 운전할 때보다는 훨씬 느린 속도였습니다. 막상 천천히 걸으면서 보니까 무섭도록 빨라 보였던 겁니다.

인생도 마찬가지인 거 같습니다. 끊임없이 목적지를 향해 과속을 해서 가는 사람은 자신이 빠른지 잘 느끼지 못합니다. 반대로 천천히 목적지를 향해 서행하는 차들은 추월차선의 차들이 빠르다고 느낄 겁니다.

제가 자주 가는 커뮤니티가 있는데, 거기에 20살의 대학 신입생이 스트레스를 받는다며 글을 쓰셨습니다. 수능을 치고 명문대에 입학했는데, 원하던 의대에 가지 못해서 인생에 자괴감이 느껴진다는 글이었습니다. 그분에게 힘이 될 만한 댓글을 이래저래 적으면서 많은 생각이 들었습니다.

"3자가 봤을 땐 충분히 여객기처럼 빠르게 날고 계신대, 이분은 자신을 전투기와 비교하며 느리다고 생각하는 게 아닐까?"

인생에 정답은 없지만, 행복해야 사는 맛이 나지 않을까 싶습니다. 성공은 행복의 하위개념이라고 생각해요. 성공을 하더라도 행복하지 않을 수 있지만, 행복한 인생을 사는 사람들은 성공했다고 말할 수 있을 거 같습니다. 그러니 남들과 비교하지 말고 빠르면 빠르게, 느리면 느리게 자신의 페이스대로 달리거나 걷는 게 행복의 지름길 아닐까라는 생각이 들었습니다.

그래서 여러분들도 주변 시선보다는 자기 자신의 페이스대로 꾸준히 나아가면 좋겠습니다. 비교에서 자유로워질 때 비로소 나다움을 찾을 수 있으니까요.

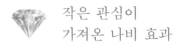

작은 관심이
가져온 나비 효과

모르는 사람들끼리 엘리베이터를 탔을 때 그 어색한 침묵을 정말 힘들어하는 편입니다. 1초가 1분 같고, 엘리베이터 문이 열리고 닫힌 뒤 '슝' 하는 기계음과 그 속의 정적. 누군가는 아무것도 없는 천장만 힐끔힐끔 보고, 누군가는 애꿎은 핸드폰만 만지며 인고의 시간을 보냅니다. 유일하게 해방되는 순간은 자신이 가야 할 층에 엘리베이터가 멈췄을 때겠죠. '띵' 하는 소리와 함께 느껴지는 해방감. 숨을 크게 내뱉고 걸음을 옮깁니다.

제가 살았던 오피스텔도 마찬가지였습니다. 3층에 살았던 저는, 매번 엘리베이터를 탈 때마다 얼굴은 익숙하지만, 인사는 결코 나누지 않는 이웃 주민들과 함께 어색한 시간을 보내곤 했어요. 먼저 웃으며 인사할 분위기도, 그런 여유를 받아줄 분위기도 부족해 보였습니다.

　그렇게 몇 달이 지났을까요. 근처 편의점에 들렀다가 엘리베이터가 닫히는 소리에 급하게 뛰어갔는데 문 열림 버튼을 누르고 계신 분이 있었어요. 새로운 얼굴이었습니다. 사람 좋아 보이는 인상에 푸근한 체형, 웃으며 제게 말을 거셨어요.

"맛있는 거 많이 사오셨나 봐요! 발걸음이 행복해 보이네요."
저도 웃으며 대답했습니다.
"덕분에 빨리 먹을 수 있을 것 같아 더 행복합니다. 감사해요."
30초가 안 되는 시간 동안 서로 미소를 머금고 있었습니다.
"띵동"
평소에는 그렇게 반갑게 들리던 소리가 그날따라 참 아쉬웠습니다.
"안녕히 가세요. 맛있게 드시고요!"
그분이 웃으며 제게 인사하셨습니다.
"네, 고생하세요!"

그 이후로 종종 엘리베이터에서 그분을 자주 봤습니다. 저뿐만 아니라 다른 분들에게도 먼저 웃으며 인사하시더라고요. 자연히 오피스텔의 분위기도 바뀌었습니다. 불편한 동거 같았던 엘리베이터가, 서로의 미소를 담아주는 곳이 되었습니다. 이름도 모르고 나이도 모르고 하는 일도 서로 모릅니다. 함께 있는 시간은 불과 1분도 안 되니까요. 하지만, 그 1분의 시간 동안 서로 웃으며 인사하고 급하게 뛰어오는 사람이 있으면 문 열림 버튼을 눌러줄 수 있는 여유가 생겼습니다. 그분은 그렇게 오피스텔에 작은 행복을 나눠주셨습니다.

그 후로 웬만하면 어색하고 불편한 자리에서도 먼저 웃으며 다가가려고 노력합니다. 먼저 다가가고 말 걸기가 어색하고 겁날 뿐이지, 실제로 대부분의 사람들은 그런 따뜻한 손길을 기다린다는 걸 그분을 통해서 알게 됐습니다.

"어떻게 오셨어요", "안녕하세요. 저녁 드셨나요?" 철옹성같이 견고해 보이는 마음의 벽도, 관심의 말 한마디로 무너뜨릴 수 있습니다.

"아, 저는 이렇게 오게 됐어요. 그런데~", "아!

아직요. 배고파요. 저녁 드셨나요? 그런데~" 그리고 이렇게 물꼬를 튼 대화는 서로 간의 따뜻한 관계를 형성하게 합니다.

여러분도 누군가에게 먼저 작은 관심을 보여주시길, 그리고 그 관심을 통해 서로 간의 큰 행복을 나눌 수 있는 하루를 보내시길 바랍니다.

사랑이 끝날 때가
언제라고 생각하시나요

사랑이 끝날 때가 언제라고 생각하시나요? 저는 익숙함과 편안함이라는 명목으로 상대방에게 소홀해지고 무뎌졌을 때라고 생각합니다. 1~2시간씩 하던 통화가 1~2분으로 줄어들고, 물티슈로 연인의 손을 닦아주고, 음식이 나오기 전까지는 꼭 잡은 손을 놓지 않고 사랑을 속삭였던 식사 자리가, 말없이 그저 서로의 허기를 채우는 시간이 될 때. 그리고 그 적색경보를 익숙함과 편안함으로 받아들일 때, 사랑이라는 견고한 성의 외벽에 조금씩 균열이 가기 시작하는 거 같습니다.

"오빠, 일이야 나야?"라는 여자친구의 귀여움 섞인 질투에 "그런 말 하게 해서 미안해. 내가 더 잘할게."라며 상대방을 꼬옥 안아주던 사랑의 여유는 신기루처럼 사라지고, "쓸데없게 그런 걸 왜 물어?"

라는 가시 돋친 말로 사랑하는 사람의 마음에 상처를 주게 됩니다. 그렇게 서서히 이별하게 됩니다.

이별하게 되면 며칠은 생각보다 괜찮습니다. 사귈 때는 눈치를 보며 하지 못했던 퇴근 후 친구들과의 술자리, 연락 신경 안 쓰고 침대에 누워서 뒹굴거리기, 혼자 카페 가서 죽치고 핸드폰 게임하기. 너무 편합니다. 그런데 뭔가 공허해요.

그렇게 며칠이 지나면 갑자기 내가 잘해주지 못한 것들, 따뜻하게 해주지 못했던 순간들, 행복했던 추억의 조각들이 해일이 부두를 덮치듯 밀려옵니다. 왜 소중함은 가까이 있을 때 느끼지 못하는 걸까요.

<이프 온리>라는 영화가 있습니다. 이상형을 물어볼 때 저는 로봇처럼 '사랑받고 사랑할 줄 아는 사람이 이상형이야.' 라고 말하는데요. 이 영화에서 나오는 이안이라는 남자의 '사랑하는 법을 알려줘서 고마워. 또 사랑받는 법도.' 라는 대사에 감명을 받아 매번 그렇게 얘기합니다.

이 영화에서는 이안과 사만다라는 연인이 나옵니다. 사만다는 매사에 따뜻한 굉장히 사랑스러운 여인입니다. 그리고 이안은 그런 사만다에게 익숙해져, 사만다가 3년을 준비한 콘서트가 언제인지도 기억 못 하는 무심한 남자예요. 그런 이안에게 지쳐, 식사 자리에서 '난 사랑받고 싶어.'라는 말 한마디를 남기고 사만다는 떠나 버립니다.

택시를 타고 떠나는 사만다의 뒷모습을 멍하니 바라보던 이안. 그 순간 사만다가 타고 있던 택시가 사고가 납니다. 그렇게 사만다는 세상을 떠나고 이안은 미친 듯 후회하다 잠이 들게 됩니다.

다음날 거짓말처럼 이안의 앞에 사만다가 나타나는데요, 어제와 똑같은 하루가 시작됩니다. 이안은 운명을 바꿔보려고 미친 듯 노력해도, 결국 일어날 일들은 바꿀 수 없다는 걸 깨달아요. 죽음까지도 말입니다. 결과를 바꿀 수 없다는 걸 알고, 이안은 그녀와 함께 할 수 있는 선물 같은 하루를 누구보다 소중하고 의미 있게 보냅니다.

사랑하는 사람과 별거 아닌 일로 싸웠다면, 알량한 자존심을 내세우기 전에 먼저 사과하고 손 내

밀어 봤으면 좋겠습니다. 연락을 하지 않는다고 섭섭해 한다면, '바쁘니까 그렇지.'라고 퉁명스레 말하기 전에 내가 너무 소홀해지지는 않았나 돌아봤으면 좋겠습니다. 우리는 상대방에게 너무 익숙해진 나머지, 가장 소중한 것들을 소중하다 여기지 못하고 있는 건 아닐까요?

여러분 옆에 계산 없이 사랑할 수 있는 누군가가 있음에 감사하며 살 수 있는 하루가 되셨으면 좋겠습니다.

원하는 대로
삶을 이루는 법

말에 힘이 있다는 것은 누구나가 아는 사실이다. 그러나 말의 힘을 사용하여 삶을 원하는 대로 이끌 수 있다는 사실을 아는 사람은 많지 않다.

습관적으로 사용하는 말은 자기 자신과 의사소통하는 방식에 영향을 주며 결과적으로 자신의 경험에도 영향을 준다.

현재 느끼는 감정을 설명하기 위해 어떤 단어를 선택하자마자, 바로 그 단어에 맞게 감정적인 변화가 일어나게 된다.

따라서 계속 생각 없이 어휘를 선택해 사용한다면, 삶은 그 어휘에 걸맞은 상태로 변화하는 것이다.

내 삶에서 가장 획기적인 경험을 '꽤 괜찮다'는 단어 정도로만 표현해버리면, 그 경험이 지닌 원래의 풍부한 의미가 희석되어 버린다.

'-가 싫다', '마음에 안 든다'는 표현을 습관적으로 쓰는 것은 '-가 더 좋다'고 말할 때에 비해 부정적인 감정을 부추긴다.

'짜증나 죽겠다'보다 '조금 약이 오른다'라는 표현을 쓰는 게 같은 상황에서도 내가 받는 스트레스를 더 줄여줄 수 있다.

삶을 내가 원하는 대로 이루기 위해서는 의식적으로라도 자주 사용하는 말을 살펴보고 긍정적인 표현으로 고쳐나가야야 한다.

어떤 부모가
되고 싶나요

얼마 전까지만 하더라도 전 완전한 비혼주의자
였습니다.

"결혼하는 순간 본인의 인생은 끝이야."

꾸미는 걸 좋아하고 주말마다 여행을 다니며 인
생을 즐기던 선배들이, 결혼을 하고 육아를 하며 본
인의 삶을 잃어버리는 것 같이 느껴졌었거든요. 평
범한 직장인의 월급으로는 내가 하고 싶은 거하고
놀고 싶은 거 다 놀기에도 빠듯하다고 생각했습니
다.

직장 선배 P는 누구보다 화려했던 사람입니다.
운동을 잘하고 똑똑했으며 성격도 좋을 뿐만 아니
라, 키도 크고 얼굴도 잘생겨서 뭇 여성들의 선망의
대상이었고 실제로 본인도 그런 스포트라이트를 즐
기며 살았습니다. 그런 선배가 2년 전 결혼을 했습

니다. 그 당시에는 약간 충격이었죠. 그 선배에게는 오래된 여자친구가 있었지만, 좀 더 인생을 즐기고 싶다는 얘기를 자주 나눴었거든요.

그 후 1년이 지나 P를 봤습니다. 살이 많이 쪄서 예전의 샤프한 이미지는 온데간데없고, "야, 민창아. 봐봐. 너무 귀엽지."라며, 태어난 지 8개월 된 딸의 동영상을 보고 흐뭇하게 미소짓는 아재가 되었더라고요.

술이 약간 거나하게 취했을 때였을까요, 제가 P한테 예전의 화려했던 선배의 모습이 그립다, 지금은 선배가 아닌 것 같다는 말을 했습니다. 그러자 그 선배가 저한테 이렇게 대답했습니다.

"민창아, 물론 그때의 내 모습이 외면적으로는 화려했을 수 있지만, 사실 난 지금 그때보다 훨씬 더 행복해. 허리 사이즈는 4인치나 늘었고 턱선은 찾으려야 찾아볼 수 없지만, 퇴근하고 집에 들어가면 날 반갑게 맞아주는 우리 와이프, 그리고 8개월 된 우리 딸. 요즘은 제법 옹알이도 길어지고 자주 깔깔대며 웃어. 며칠 전에 처음으로 어눌한 발음으로 엄마 아빠라고 말했거든. 33년을 살며 가장 행복했던, 무엇과도 바꿀 수 없는 순간이었어."

저는 결혼과 육아를 포기와 희생이라는 측면에서만 바라봤던 것 같습니다. 아무렇지 않게 한 끼에 20,000원짜리 밥을 먹고 5,000원짜리 스타벅스 커피를 마실 수가 없겠구나. 책 읽을 시간도, 대학원 다닐 시간도, 혼자 여행을 다닐 시간도 없겠구나. 내가 꿈꾸던 미래를 포기해야 하겠구나.

그런데 생각해보면 옆에 누구보다 든든한 내 편이 있고, 나와 반려자를 반반씩 똑 닮은 사랑하는 아이가 올바르게 성장하는 모습을 흐뭇하게 지켜보는 것도 참 행복하고 가치 있는 인생이라는 생각이 들었습니다.

최근에 어머니가 서울에 올라오셔서, 동생과 셋이서 맥주 한잔을 했습니다. 처음으로 어머니와 아버지가 만났던 얘기도 자세히 듣고, 동생과 제가 성장하며 있었던 에피소드를 나누느라 시간 가는 줄 몰랐습니다. 부모님도 분명 포기와 희생을 하셨겠죠. 하지만 이렇게 세대 차이를 넘어, 같이 맥주를 마시며 서로의 행복을 공유할 수 있는 자녀가 있다는 것도 인생의 축복이 아닐까 싶습니다.

몇 달 전에 "어떤 아빠가 되고 싶나요?"라는 질문을 받았었는데요. 아들의 초등학교 축구 경기에 가서 목청이 터져라 응원해줄 수 있는, 비록 아들이 후보 선수로 후반 막바지에 나온다 하더라도 그라운드에서 뛸 수 있는 것에 감사할 줄 아는 아빠. 딸의 학예회에 가서 꽃다발을 주며, "고생했어 우리 딸. 오늘 최고였어."라고 따뜻하게 말해줄 수 있는 아빠가 되고 싶다고 대답했던 것 같아요.

금전적으로 부유한 것도 좋지만, 무엇보다 정신적으로 부유한 아빠와 남편이 되고 싶다는 생각이 들었습니다. 맥주를 한잔하며 어머니께 "아버지의 어떤 점이 좋았어요?"라고 여쭤봤습니다. 어머니는 한참 고민하시더니, "사람이 참 진중하고 따뜻했었지."라고 웃으며 말씀하셨어요. 어쩌면 눈에 보이지 않는, 우리가 간과하고 있는 가치들이야말로 행복한 가정을 이루기 위한 필수요소가 아닐까 하는 생각이 문득 들었던 하루였습니다.

후회하지 않으려면
해야 하는 것

누런 이가 싫었습니다. 하얗고 가지런한 이를 가지고 싶어 어린 시절 아버지와 목욕탕에 가면 칫솔질을 그렇게 열심히 했습니다. 거품을 입 안 가득 머금고, 머금은 거품을 감당할 수 없을 때 뱉었습니다. 그리고 전보다 이가 약간은 하얘졌을까 기대하며 입술을 크게 벌리고 이를 자세히 살펴봤어요. 기분 탓이었을까, 그러면 이가 좀 더 가지런해지고 하얗게 변한 것 같았습니다.

아버지가 칫솔질을 너무 많이 하면 치아에 안 좋다며 그만하라고 하셨어요. 전 차라리 닳아버렸으면 좋겠다고 생각했습니다. 하얗지도 않고 가지런하지도 않은 이따위의 치아. 닳고 닳아 가지런해지기라도 했으면 좋겠다고요.

시간이 꽤 오래 지났습니다. 또래들 중 몇몇은 치아로 고생할 때 전 단 한 번도 치아로 고생한 적이 없어요. 하얗지도, 가지런하지도 않지만 그래도 건강하고 튼튼한 이를 가졌음에 감사합니다.

시간이 더 오래 지났습니다. 건강한 치아를 물려주신 아버지는 많이 약해지셨어요. 15년 전 남산중학교에서 학교 아버지들끼리 축구 시합을 했을 때, 상대팀 공격수의 슛을 슬라이딩으로 멋지게 막던 아버지는 무릎 때문에 걷는 것도 불편해하십니다.

가끔 거울 앞에 서서 가지런하지 못하고 누런 제 치아를 봅니다. 그리고 그때의 기억을 떠올립니다. 시간은 누군가를 강하게 만들기도 하지만, 누군가를 약하게 만들기도 하지요.

인생에서 절대라는 것은 없습니다. 없으면 죽을 것 같을 정도로 사랑하는 연인이 내일이면 남남이 될 수도 있고, 평생 우정을 맹세하며 술잔을 부딪치던 친구들과도 가치관이나 성격 차이로 멀어질 수 있습니다. 그리고 돌아봤을 때 최선을 다하지 못했던 그 순간을 후회하게 됩니다. 그 순간은 다시 되돌릴 수 없기 때문입니다. 후회하지 않으려면 이 순간이 영원하지 않을 것임을 계속 상기하며 최선을 다하는 수밖에 없습니다.

부모님과 많이 싸우고 부딪혔었습니다. 돌아보니 참 죄송스럽습니다. 사람들 앞에선 1시간도 어렵지 않게 얘기하면서 부모님과는 1분도 통화하기 힘들었습니다. 무뚝뚝한 아들이라 부끄럽지만, 예전보다 자주 연락을 드리려고 노력합니다.

요즘 따라 부쩍 치아를 자주 봅니다. 그리고 저에게 소중한 사람들을 떠올립니다.

계산하지 않아도
큰 성공을 거두는 사람들

A라는 동생이 있습니다. 키도 크고 화려해 보이는 인상이지만, 사실 A는 누구보다 소박하고 순수한 친구입니다. 인터넷 쇼핑에서 최저가 옷을 사는 걸 좋아하고, 2만 원도 안 되는 돈으로 바지를 저렴하게 샀다고 활짝 웃는, 하지만 A가 그 옷을 입으면 200만 원짜리 같아 보이는 본인이 명품인 그런 친구입니다. 사실 A를 안 지는 얼마 되지 않았지만, 왜 그런 사람들 있잖아요. 직감적으로 나와 참 잘 맞고 비슷하다고 느껴지는 사람들이요.

둘 다 진지하고 삶에 대한 철학도 흡사해 개인적으로 자주 연락을 하는 편입니다. A의 장점은 셀수 없지만, 그중에 제일 좋은 점은 제가 어떤 고민을 얘기했을 때 해결책을 제시하려 해주기보다, 공감을 먼저 해주고 자신이 겪었던 비슷한 사례를 통해 마음을 편하게 만들어준다는 점입니다.

A와 대화를 할 땐 주로 사랑과 인간관계에 대해 많이 애기를 하는데요, A의 애기를 듣고 있으면 좀 답답할 때가 있습니다. A는 연애를 하든, 누군가를 만나든 아낌없이 퍼주는 스타일입니다. 본인을 꾸미고 치장하는데 들이는 시간과 돈을 아껴, 상대방에게 그만큼 해주는 거죠. 하지만 상대방은 처음에 그럴 땐 감사하다가 나중에는 당연시하는 거 같다. 그럴 때 조금은 속상하다라는 식으로 말합니다.

"그럼 좀 더 계산적인 사람이 되어 보는 건 어때? 아니면 애초에 정을 주지 말든가."

A에게 넌지시 말을 해봅니다. A가 속상하고 안 아팠으면 좋겠다는 마음에요. 그러면 A는 항상 이런 식으로 대답합니다.

"나는 내가 그런 사람이 될 수 없다는 걸 너무 잘 알아. 상대방이 내 호의를 당연시하고 내가 호구가 되더라도, 베푸는 게 좋은걸. 그리고 상대방이 언젠간 자연스레 그걸 느꼈으면 좋겠어."

아낌없이 주는 나무인 A를 보면 기브 앤 테이

크, 내가 이만큼 너에게 해줬으니 너도 나에게 이렇게 해주는 게 맞는 거 아니냐 하는 논리가 먹히는 시대에 순수하게 자신의 가치관을 추구하는 거 같아 정말 많이 배우게 되는 거 같아요. 그런 마음의 순수함들이 전 많이 희미해진 거 같아 A와 대화를 할 때마다 반성하고 다시 저를 돌아보게 됩니다.

펜실베니아 대학교 조직 심리학자 애덤 그랜트가 쓴 〈GIVE and TAKE〉라는 책에서 사람을 세 가지 유형으로 나누는데요, 기버(Giver), 매처(Matcher), 테이커(Taker)가 바로 그 세 유형입니다.

기버는 이익을 생각하지 않고 오히려 자신이 받은 것보다 더 많이 주기를 좋아하는 사람, 테이커는 자신의 이익을 최우선으로 생각하며 주는 것보다 더 많은 이익을 챙기는 사람, 매처는 받은 만큼 되돌려 주는 사람입니다. 애덤 그랜트는 세 유형 중에 가장 큰 성공을 거두는 유형은 기버라고 말합니다. 나 혼자 다 하고 다 가지려는 마인드가 아니라 사람들을 도와주고 그 사람들과 함께 지혜를 모아 큰 힘을 만드는 것이죠.

A의 주변에는 참 좋은 사람들이 많습니다. 그리고 A는 그 사람들을 도와주며 함께 큰 힘을 만들 준비가 된 기버인 거 같아요. 무언가를 상대방에게 주고 난 후, 상대방이 그에 상응하는 무언가를 주지 않음에 스트레스 받고 화내기보다는, 내가 상대방에게 무언가를 줄 수 있다는 사실에 행복해했으면 좋겠습니다. 여러분이 나누는 기쁨을 통해, 좋은 사람들과 함께 지혜를 공유하고 행복을 만들어가시길 바라겠습니다.

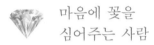

마음에 꽃을
심어주는 사람

"선배, 잘 지내시죠?"

예전에 퇴사한 후배에게 연락이 왔습니다. 든
자리는 몰라도 난 자리는 안다고, 늘 긍정적이고 씩
씩한 에너지를 뿜던 후배라 알게 모르게 저도 좋은
영향을 많이 받았었나 봅니다. 그 후배의 존재감이
굉장히 크게 느껴졌었어요.

"난 항상 잘 지내고 있지. 넌 어떻게 지내?"

4년 만에 처음 한 승진턱으로 회식비를 썼는데
고기값만 110만 원이 나와서 그 달 라면만 먹고 살
았던 얘기, 술을 진탕 마시고 후배 집에 파전을 제
대로 부쳤던 얘기들을 하며 눈물 나게 웃었습니다.
마치 그때로 돌아간 것만 같았어요.

"아, 선배 근데 그거 기억나세요? 선배 눈썹 위
에 흉터 사건."

까맣게 잊고 있었는데 다시 기억이 났습니다. 후배와 같이 근무하며 있었던 일입니다. 당시 사무실 문이 철문이었고, 제어장치가 없어 천천히 열리지 않고 살짝만 건드려도 급작스럽게 열렸어요. 그때 저는 다른 사무실에 다녀왔다 들어가는 상황이었고, 후배는 화장실에 간다고 사무실을 나가는 상황이었습니다. 제가 문을 열기 위해 문고리를 잡으려는 순간, 후배가 안에서 문을 열었고 그 순간 문의 모서리 부분이 제 눈썹 위를 찍었습니다.

아프지는 않았는데 후배가 제 얼굴을 보고 경악했었어요. 뭐 얼마나 심하기에 저런 반응인가 싶어서 거울을 봤는데 세상에나. 눈썹 위 2cm 정도가 I자로 푹 들어가져 있었습니다. 그런데 제가 그 상황에서 농담을 했던 거 같아요.

"야 이거 완전 사과처럼 푹 파였네. 애플 로고 같다."

아프지는 않았거든요. 근데 뭔가 신기했어요. 후배가 계속 옆에서 죄송하다고 눈물을 흘렸고, 전 다시 농담을 했습니다.

"야, 다음에 나 실종되면 이걸로 찾아라. 알겠지? 인상착의: 무섭게 생김, 얼굴 위 2cm 흉터 있음."

성형외과에서 상처를 잘 꿰매주셔서 다행히 흉터는 티 안 날 정도로 사라졌습니다만, 후배에게는 미안했던 감정이 마음의 흉터로 남아있었나 봅니다.

"선배가 그때 그렇게 얘기할 때 부처님인 줄 알았잖아요. 제가 그때 이후로 선배 말이라면 껌뻑 죽었는데…."

"야 그게 껌뻑 죽는 놈의 태도였냐? 말도 안 돼."

"여튼, 선배 그때 진짜 감사했어요. 저도 선배처럼 누군가를 그렇게 품어줄 수 있는 사람이 되고 싶어요."

"그럼 너도 일단 얼굴에 훈장 하나 만들어."

"안 돼요. 가뜩이나 무섭게 생겼는데 그럼 사람들이 다 피할 거예요."

그렇게 10분 정도, 이런저런 대화를 굉장히 즐겁게 했습니다. 전화를 끊기 전 후배가 저한테 이렇게 말했습니다.

"선배의 가장 큰 장점은 어떤 상황에서든 상대방의 마음을 편안하게 해주고 그 상황을 긍정적으로 만들어버리는 능력이에요. 남자끼리 오글거리긴 한데… 선배 진짜 따뜻한 사람이에요."

돌아보면 저도 참 마음이 강퍅하고 부정적일 때가 있었습니다만 많은 경험을 통해, 이미 일어난 안 좋은 일에 대해서 계속 후회하고 탓하기보단 그 상황을 겸허히 받아들이고 인정해야 내 마음이 훨씬 더 편해진다는 걸 자연스레 깨달을 수 있었던 거 같습니다.

전화를 끊고 최근에 있었던 일을 돌이켜봤습니다. 네 명이서 택시를 탔는데, 뒤에 덩치 3명 앉으니 자리가 좁았어요. 덩치 1이 말했습니다.

"야, 민창아. 덩치들끼리 타니까 자리가 좀 불편하다."

저는 그때 웃으며 "야, 추운데 딱 붙어가니까 따뜻하고 너무 좋지 않냐?"하고 얘기했거든요. 그러니 친구들이 "그러고 보니 따뜻하게 갈 수 있겠네."라며 웃었던 기억이 납니다.

그때 새삼 느꼈던 거 같아요. 주변의 좋은 사람들 덕분에 나도 긍정과 따뜻함이라는 열매를 맺을 수 있었구나, 누군가의 마음에 못을 박는 사람이 아니라 따뜻한 꽃을 심어줄 수 있는 여유를 가진 사람이 되었구나,라는 것을요.

오늘도 마음의 가뭄이 온 분들에게 제 글이 마음을 촉촉이 적실 수 있는 따뜻한 단비가 되었으면 좋겠다는 생각이 듭니다.

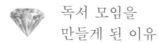

독서 모임을 만들게 된 이유

당신은 멘토라고 할 만한 분이 계신가요? 멘토라 함은 곁에 두고 배우고 싶은 사람이거나 나와 비슷한 길을 가는 사람, 그러나 그 길에서 나보다 훨씬 더 깊은 내공을 지니고 있는 사람이라고 할 수 있습니다.

처음 독서를 접하고 인상 깊게 읽은 책의 저자님들을 참 많이 만나러 다녔던 것 같습니다. 그 중엔 실망스러운 분도 계셨고, 책과는 전혀 다른 성격인 분도 계셨지만 대부분 아무것도 없는 저를 따스하게 맞아주었고, 바람직한 성장의 길로 가도록 도움을 많이 주셨던 분들이 훨씬 많았습니다.

그중 현명한 선택에 대해 이끌어주신 멘토님과의 일화를 소개하려고 합니다. 처음 독서를 하고 뭐

든지 할 수 있을 거 같았습니다. 부자도 될 수 있을 거 같았고, 성공할 수 있을 거 같았고, 사업도 하면 성공할 수 있을 거 같았습니다. 원래 하나만 아는 사람이 제일 무섭다고 하잖아요. 제가 딱 그런 상태였습니다. 제가 직장에서 받는 월급과 대우는 제가 상상한 미래의 제 모습에 비해 너무나도 초라하고 미약했습니다. '난 퇴사해서 사업할 거야.' 라는 말을 입버릇처럼 달고 다녔습니다.

그때 마침 멘토님을 만났습니다. 유근용 작가님이라는, 자기계발 카페 '어썸피플'을 운영하시고, 부동산 관련 강연도 다니시는 분입니다. 같이 농구도 하고 봉사도 하며 친해질 수 있었습니다.

그때 당시 유근용 작가님이 뭘 하고 싶냐고 저에게 물어보셨습니다. 그래서 되게 당당하게 "퇴사하고 독서 사업할 거예요!"라고 얘기했습니다. 그러자 유 작가님이 직장은 어떻게 하실 거냐고 물어봐서, "그만둬야죠. 여기서 제가 할 수 있는 게 없어요. 감옥이에요, 감옥."이라고 말했던 것 같아요. 그러자 유 작가님이 제게 이렇게 말씀하셨습니다.

"직장 안에서 작은 독서 모임도 운영 안 해보고, 그리고 그 안에서 사람들이 독서로 변화된 모습도 느끼질 못 해봤잖아요. 그 안에서 먼저 책에 관련한 작은 거라도 시작해보세요."

망치로 머리를 맞은 듯했어요. 저는 직장은 배제한 채, 오로지 퇴사하고 뭐할까만 생각하고 있었거든요. 그런데 사실 이 안에서 해볼 수 있는 것이 굉장히 많았습니다. 그러면서 다시 생각을 바꾸고 직장 내에 작은 독서 모임을 만들고 꾸준히 유지했습니다.

그렇게 2년 정도 운영하며, 그걸 토대로 책도 낼 수 있었고, 기사에도 나올 수 있었고, 강연도 할 수 있었던 것 같습니다. 좋은 멘토들을 만난 덕분에, 이성적으로 지금 내 상황에서 할 수 있는 것들을 찾아보고 작게나마 시작했던 것이 참 현명한 선택이었다는 생각이 듭니다.

돌이켜보면 참 부족한 저도 주변의 지혜롭고 좋은 분들 덕에 많은 위기들을 순조롭게 헤쳐나갈 수 있었던 것 같습니다. 그리고 저도 누군가에게, 칠흑 같이 어두운 밤 그들의 눈이 될 수 있는 손전등 같은 사람이 되고 싶다는 생각을 해봅니다.

퇴사하기 전
생각해봐야 할 세 가지

직장 생활을 하며 수 많은 갈등을 겪으며 직장인이
라면 한번쯤 '퇴사'에 대해서 고민할 것이다. 그러
나 별다른 고민없이 섣불리 퇴사를 결정한다면 오
히려 더욱 후회할 수도 있다. 그래서 퇴사를 하고
싶다며 상담을 해오는 사람들에게 항상 아래와 같
은 세 가지의 질문을 던진다.

1 지금 상황에서 감당할 수 없는 문제인가?
퇴사를 고민한다는 것은 현재 직장 생활에 어떠한
'문제'가 있다는 것이다. 연봉의 문제일 수도, 적성
의 문제일 수도, 인간관계의 문제일 수도 있다. 그
중 가장 큰 문제가 무엇인지 정확히 파악하는 게 우
선이다. 그리고 그 문제가 현재 상황에서 도저히 자
신의 힘으로 감당할수 없는 문제인가에 대해서 다
시 한번 생각해보는 시간을 가져보자.

2 공존할 수 있는 방법을 찾는 노력을 했는가?

약간의 변화나 생각의 전환만으로 문제 상황과 공존할 수 있을 지 모른다. 혹은 그 방법을 이미 알고 있음에도 실천하고 있지 않은 것은 아닌지 확인해봐야 한다.

3 감정에 치우쳐 결정하는 게 아닌가?

중요한 판단은 감정과 이성, 두 가지 측면에서 모두 고려해보아야 한다. 한순간의 감정을 참지 못하여 감정적으로만 결정한다면 후회할 확률은 높아진다.

결국 퇴사를 하든, 하지 않든 이 세 가지 질문에 대해 다시금 생각하고 고민한다면 후회없이 더 나은 선택을 할 수 있을 것이다.

존중의
여유

"형, 제가 진짜 변한 걸까요?"

친하게 지내던 동생한테 연락이 왔습니다. 이
동생은 살면서 책이라고는 단 한 번도 접하지 않았
던 친구입니다. 그런데 우연히 운동 동호회에서 저
를 만났고, 회식 자리에서 저와 대화를 하다가 "형,
저도 좀 도와주시면 안 될까요?"라고 얘기해서 제
가 책을 한 권 추천해주고 "이거 읽고 독서 모임 나
와 봐."라고 했었습니다.

그렇게 확 타올랐다가 사그라드는 사람들을 많
이 봐서 동생에게 큰 기대는 안 했습니다만, 이 동
생은 좀 달랐습니다. 독서 모임에 한 번 나오더니
"형, 진짜 오길 잘했어요."라며 그때부터 꾸준히 모
임에 나오기 시작했습니다. 처음엔 얼굴이 홍당무

가 돼서 어버버 거리며 자신의 생각을 글로 적어 와, 겨우 느낀 점을 말했지만, 1년이 지난 후엔 작가의 의도를 파악하고 자신의 방식으로 느낀 점을 해석해 상대방에게 전달하는 능력이 비약적으로 발전했어요.

삶에서도 많은 변화가 있었습니다. 오늘은 어디서 술을 마실까?라는 고민을 하다가, 좀 더 행복한 삶을 위해선 어떤 걸 준비해야 할까?라는 고민을 하게 됐습니다. 불과 2년 사이에 공인중개사, 전기기사 등을 취득하고 지금은 SNS 채널을 공부하고 있어요.

참 잘 살고 있는데 최근에 고민이 하나 생겼답니다. 최근에 친하게 지내던 친구들과 한바탕 싸웠다고 합니다. 원래 친하게 지냈던 친구들이 자신을 변했다며 섭섭해했고, 모임 뒤에서 뒷담화를 하다 보니 그게 곪아서 터졌나 봅니다. 관계를 지속해오던 모임이 있어도 잘 나가지 않게 되고 친구들과도 어색해져서 고민이라고 합니다.

"네가 요즘 제일 중요하게 생각하는 게 뭐야?"

제가 물어봤습니다. 그러자 동생이 SNS 채널로 자신을 브랜딩하는 것이라고 합니다.

"그럼 그런 걸 그 친구들한테도 말해봤어?"

말해봤는데 쓸데없이 그런 걸 왜 하냐고 하더랍니다. 괜한데 신경 써서 골치 아프지 말고 그냥 살던 대로 살라고 했답니다.

자기가 발전하는 모습을 인정해주지 않고, 도리어 무시하고 깎아내리는 친구들의 모습에 화가 나, "니들이 그러니까 발전이 없는 거야."라고 한 말이 도화선이 되어 터져버렸답니다.

"형, 제가 잘못한 건가요?"

동생이 다소 억울한 목소리로 물어봅니다. 그래서 이렇게 대답해주었습니다.

"구구단이 5단까지만 있다고 믿는 사람들에게 9단도 모르냐고 하면 화를 내지 않을까? 그 사람들에게는 5단이 세상의 전부니까. 5단의 세계에 살아가는 사람은 5단만큼 사는 거고 6단의 세계에서 살아가는 사람들은 6단들과 어울리며 살아가겠지.

지금 네가 꿈꾸고 경험한 세계는 너의 옛 친구들의 세계와 분명히 다를 거야. 그런데 여기서 조심해야 할 점은 절대 누군가를 먼저 가르치려 하면 안 된다는 거, 그 사람이 먼저 6단을 가르쳐달라고 하기 전에 '야, 너 6단도 모르냐? 6단은 이거야.'라고 하면 반감만 생기는 거야. 누군가에게 6단임을 인정받으려 하지 말고, 계속 7, 8, 9단으로 나아가. 언젠간 친구들이 너에게 6단에 대해 물을 날이 올 거고, 그때 웃으며 6단을 설명해주면 돼."

너 그렇게 살면 안 돼.

누구나 이런 말을 들어보셨을 겁니다. 그때 기분이 어떠셨나요? 긍정적인 쪽으로든, 부정적인 쪽으로든 사람은 누구나 변합니다. 중요한 건 그 변화에 대처하는 자세인 거 같습니다.

긍정적인 변화를 받아들이고 부정적인 변화를 경계한다면 좋은 쪽으로 발전할 수 있겠죠. 하지만 내가 먹은 약이 명약이라고 상대방에게도 반드시 명약이라는 법은 없어요. 누군가는 약을 먹지 않고 침을 맞을 거고, 누군가는 자연치유를 원할 수도 있습니다. 그때 내가 이걸로 좋아졌다고 그걸 강요하는 건 어떻게 보면 폭력이 될 수도 있어요.

중요한 건 내가 9의 세계에 살 때 5의 세계의 사

람들을 무시하고 깔보는 게 아니라, 그들을 존중해주고 나중에 그들이 6의 세계를 물어볼 때, 친절하게 안내해주는 게 아닐까요?

여러분도 누군가를 존중해주고, 또 존중받으며 사시길 바라겠습니다.

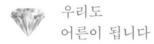

우리도
어른이 됩니다

"싸이월드 전에 학교 검색하고 사람 찾던 거 그거 뭐지?"

고등학교 동창들 카톡방에어떤 친구가 질문을 했습니다. 기억을 더듬어봤습니다.

"버디버디는 아니고, 다모임도 아니고… 아! 아이러브스쿨이네."

얼른 그 친구에게 아이러브스쿨이라고 말해준 후, 잠시 추억에 잠겼습니다.

드림위즈 지니, 버디버디, 다모임, 싸이월드, 네이트온…. 저에게는 굉장히 많은 추억이 깃든 1세대 SNS입니다. 마음에 드는 여학생이 있으면 타고 타고 들어가서 매일을 봤었어요. 얼마나 많이 봤으면 그 여학생 미니홈피의 BGM 가사까지 다 외울 정도였죠. 그때는 호감의 표현이 요즘처럼 엄지손가락 터치로 가볍게 되는 것이 아니었습니다. 일촌 신청을 하면, 서로의 일촌명을 설정해야 돼요. 예를 들어 제가 호감이 있는 여학생의 이름이 김민지라면, [이쁜이] 김민지, [고릴라] 권민창. 이런 식으로 제가 설정을 하고, 밑에 "안녕! 난 금정중에 다니는 권민창이야. 만나서 반가워. 친해지자^^"라는 짧은 인사말을 적어 보내야 됐죠. 그리고 그 친구가 수락해줘야 비로소 일촌이 되는 겁니다.

일촌명을 어떻게 해야 부담도 안 되고, 은근슬쩍 호감을 표시할 수 있을지 컴퓨터 앞에 앉아 3시간 정도를 고민하다 결국 일촌 신청을 하지 못했던 기억이 납니다. 지금처럼 쿨하게 먼저 팔로우를 하고 그 사람이 팔로우를 안 해주면 "뭐, 아님 말고." 하고 끊는 건 상상도 못 했던 거 같아요. 관계의 시작이 굉장히 어렵지만, 또 그만큼 가치가 있었던 시절이라는 생각이 듭니다.

15년 전만 하더라도, 흑백 핸드폰에 잘못해서 인터넷에 들어가면 엄마한테 등짝 스매시를 맞던 시절이 있었는데. 지금은 아무렇지 않게 핸드폰으로 뉴스를 보고, 거리에 상관없이 영상통화를 합니다. 15년 전의 우리는, 세상이 이렇게 급작스레 바뀔 줄 알았을까요? 저는 상상도 못 했던 거 같아요. 일주일 전에 깔끔하게 깎은 손톱이 어느새 자라있듯, 우리도 알게 모르게 자연스레 변화에 적응해가는 것 같습니다.

절대 잊지 않을 것 같던 전 여자친구의 휴대폰 번호가 가물가물해지다 사라지고, 영원히 각인될 것만 같던 사랑의 추억들도 자연스레 잊힙니다. 태풍의 눈처럼, 엄청난 변화를 겪지만 그 중심에 서 있는 우리는 막상 변화를 잘 인지하지 못합니다. 그리고 한 번씩 돌이켜볼 때, "아, 그때 그랬었지." 하고 가벼운 웃음을 지을 수 있는 여유도 생기게 되는 거죠.

세상이 참 많이 변했다고 느끼는 찰나의 순간들이 있습니다만, 그 순간을 제외한 대부분의 시간들은 그저 흘러갑니다. 이별의 상처로 죽을 것 같이 힘들어도, 친한 친구의 배신으로 세상이 무너질 것 같아도 시간은 흐르고 상처는 치유됩니다. 상처에 새살이 돋고 조금 더 성숙해지고 단단해질 때, 그제서야 다시 돌아볼 여유가 생기게 됩니다. 가벼운 쓴

웃음. 영원할 것만 같던 사랑의 거울도, 변하지 않을 것만 같던 우정의 그릇도 빛이 바래고 깨지는 순간이 올 때가 있습니다. 처음엔 죽을 것처럼 힘들지만, 그 상처에 담담해지게 됩니다. 그리고 어느새 새로이 시작되는 관계를 자연스레 받아들이게 됩니다. 자라나는 새싹을 보며 위안을 얻고 아장아장 기어 다니던 아이가 두 발로 걷는 것에 감동하고 새로운 사랑에 다시금 설레듯 우리도 어른이 됩니다.

세상은 변합니다.
우리도 변합니다.

소개팅할 때
외모보다 더 중요한 것

SNS를 하면서 친한 친구들의 피드에서 친구가 누군가와 함께 찍은 사진을 보다 보면 한 번씩 '어? 이 사람 괜찮네.' 할 때가 있습니다. 상당수는 그냥 '괜찮네.'에서 끝나겠지만, 누군가는 그 사람의 계정을 팔로우하고 좋아요를 누름으로써 소극적으로 관심을 표현할 것이고, 누군가는 친한 친구에게 "야, 나 저분 제발 소개해 줘."라며 적극적으로 관심을 표현할 거예요.

승훈이라는 친구는 적극적으로 관심을 표현했던 사람 중 하나였습니다. 친한 친구가 봉사활동 다녀왔던 사진을 SNS에 올렸는데 친구 옆에 있던 여성분이 자신의 이상형과 완전 흡사했다고 합니다. 그래서 친구한테 싹싹 빌었대요. 뭐 필요하냐고 콩팥이라도 필요하냐고, 저분 소개해주면 다 해주겠다고. 그렇게 적극적으로 관심을 표한 덕에 승훈이는 그 여성분과 소개팅을 하게 됩니다.

혹여나 실패할 수 있는 모든 변수를 줄이고 싶어, 제일 비싼 셔츠도 일주일 전에 세탁소에 맡겨놓고, 전날은 콜라겐 마스크팩도 했습니다. 매번 대충 6천 원 주고 동네 미용실에서 잘랐던 머리도 처음으로 바버샵에 가서 5만 원을 주고 잘랐다고 합니다. 그렇게 만반의 준비를 한 승훈이는 그 여성분을 만나게 됩니다. 이 여성분의 이름을 편의상 현주라고 하겠습니다.

그런데 현주 씨는 실물이 훨씬 이뻤답니다, 성격도 너무 좋고요. 소개팅을 하는 내내 파스타가 입으로 들어가는지 코로 들어가는지 모르겠더랍니다. 좋은 시간을 보내고 집에 온 승훈이. 과연 잘 됐을까요? 네, 잘 됐답니다. 뭐 덕분에 잘됐는지는 아직 모르겠지만요. 그런데 승훈이는 여기서 첫 번째 착각을 하게 돼요.

'아, 현주가 내 외모에 반했구나.'

그때부터 승훈이는 인터넷으로 고데기 하는 법

도 찾아보고, 남친룩, 꾸민 듯 안 꾸민 패션 등을 검색하며 옷도 사고, 섹시한 몸매를 만들기 위해 PT도 등록합니다. 왜냐하면 현주가 자신의 외모에 반했다고 생각했으니, 최소한 현상 유지라도 하고 싶었거든요. 현주를 만날 때마다 새로운 모습을 보여줘야겠다는 강박관념에 빠졌고, 은연중에 현주를 대하는 태도에서도 나타나게 됐습니다.

"현주야, 오빠 오늘 머리 좀 잘 된 거 같지 않아?"

"현주야, 오빠 오늘 코디 좀 어때? 괜찮아?"

그렇게 두 달 정도 만났을 때였나요, 갑자기 현주가 한숨을 푹 쉬며 승훈이에게 이렇게 말하더랍니다.

"오빠, 오빠가 단단히 착각하는 거 같아서 내가 말하는데 나 사실 오빠 외모에 반한 거 전혀 아니야."

승훈이는 당황했답니다. 아니, 그럼 날 왜 만나지. 난 아무것도 잘하는 없는데….

그러자 현주가 말을 이어 하더래요.

"오빠, 우리 두 번째 데이트 때 여의도 CGV에서 어바웃 타임 본 거 기억나?"

"응, 기억나지."

"그때 점보세트 시켜서 영화 끝나고 콜라 많이 남았었잖아. 그거 내가 쓰레기통에 버리려고 영화관 나가는데 오빠가 갑자기 콜라를 가지고 화장실로 가더라?"

"응, 근데 그게 왜?"

"내가 그래서 '콜라 버리실 거면 저 주고 다녀오세요.' 했는데, 오빠가 '아, 화장실에 콜라 좀 버리고 오려고요.' 라고 했었던 거 기억나?"

"기억나지."

"내가 그래서 '여기 버리면 되잖아요.' 라고 하니까, 오빠가 '아, 콜라랑 컵이랑 같이 있으면 청소하시는 분이 불쾌하실 수도 있고 번거로우실 수도 있을 거 같아서요.' 라고 했었잖아. 그때 상대방을 생각해주는 그 사소한 배려에 이 남자 참 괜찮구나라고 생각했던 거야. 사소한 것도 함부로 하지 않고, 세심하게 신경 쓰는 그 모습에 이 남자를 만나면 행복할 수 있을 거라는 확신이 들었거든."

그러니까 승훈이가 현주와 만날 수 있었던 건, 마스크팩도, 셔츠도, 멋진 머리도 아닌, 소소하고 인간적인 배려였던 겁니다. 그 후로 승훈이는 외면뿐만 아니라, 본인이 원래 가지고 있던 내면의 장점을 잘 끌어내어 상대방의 마음을 편안하게 해주는 일을 하고 있습니다. 그리고 참 행복하게 살고 있어요.

외면도 중요합니다. 자신의 신체적, 외모적 단점은 커버하고 장점을 부각시킨다면 상대방의 호감을 훨씬 더 쉽게 받을 수 있습니다. 외모가 중요하지 않다는 건 거짓말이에요. 하지만, 외면만 있다면 그 관계는 일시적입니다. 결코 깊은 관계로 발전할 수 없는 거 같아요.

관계의 시작은 외모일 수도 있습니다. 하지만 그 관계를 지속시키고 단단하게 만들어주는 건 상대방을 생각해주는 배려인 거 같아요. 여러분이 소소하고 인간적인 배려를 가진 사람이 된다면, 분명 그 아름다움의 향기를 맡고 다가오는 좋은 사람들과 행복한 관계를 유지할 수 있을 거예요.

떨리는 게 아니라
설레는 것 같아요

교수님 하면 어떤 이미지가 떠오르시나요? 아마도 몇 십 년간의 깊은 내공과 지식으로 청중을 압도하는, 강의에 타고난 사람들이라는 생각이 드실 겁니다. 제가 아는 교수님도 강의를 참 맛깔나게 잘하십니다. 그런데 이 교수님이 최근에 이런 식으로 고백했습니다.

"저는 사실 무대 공포증이 있었는데 어떤 학생 덕분에 그걸 슬기롭게 극복할 수 있었어요."

강단에 선 지 2년이 지났는데도 변함없이 긴장이 돼, 학생들에게 고백을 하셨다고 합니다. 솔직히 떨린다고. 그러자 어떤 학생이 이렇게 얘기했다고 해요.

"교수님! 떨리는 게 아니라 강의할 생각에 설레시는 거 같아요."

그 교수님은 긴장의 감정을 설렘으로 치환했고,

그 후로는 떨림을 기분 좋은 설렘으로 받아들일 수 있으셨다고 합니다. 저는 그 얘기를 듣고, 그 학생이 보는 세상은 얼마나 넓고 아름다울까, 얼마나 깊고 고귀할까 하는 생각이 들었습니다. 어설픈 질투심까지 생길 정도였으니까 말입니다.

자아존중감이란 '내가 얼마나 뛰어난 사람인가'에 대한 대답이라고 생각합니다. 그리고 그 대답은 상대방에 대한 인정과 스스로의 만족감으로 형성되겠죠.

'괜찮아요. 힘내세요.'라고 대답하는 것이 100점이었다면, 상대방의 통점(Pain point)을 정확하게 캐치하고 그 감정을 치환시켜줄 수 있는 센스있는 대답은 150점이지 않나 싶습니다. 타인의 자존감을 세워주고 인정해준다는 것, 그리고 그로 인해 건강하고 긍정적인 관계를 유지한다면 참 행복하지 않을까요?

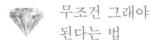

무조건 그래야
된다는 법

　최근에 우울한 일도 있어 기분 전환 겸 미용실에 갔습니다. 한 번도 가본 적은 없었지만 사진 상으로 머리가 굉장히 마음에 들었고, 예약을 잡고 머리를 하러 갔습니다. 그런데 저는 머리를 할 때 딱한 가지만 부탁을 드리는데요, 제가 두상이 좀 긴편이라 옆머리를 너무 끝까지 올려 치면 얼굴이 더길어 보여서 밑에 라인은 남겨달라고 부탁을 드리는 편입니다. 그 외에는 전적으로 미용사님께 맡깁니다.

　그렇게 부탁드리니, 연세가 지긋한 미용사분이알겠다고 하셨습니다. 그런데 말을 하자마자 바로옆머리를 밀어버리시는 겁니다. 그래서 제가 "아,죄송한데 제가 여기는 좀 살려달라고 말씀을 드렸는데…."라고 했어요, 당연히 "아, 죄송합니다. 소통에 오해가 있었나 봐요."라는 말씀을 하실 줄 알았는데 눈을 동그랗게 뜨시고 "아니, 잘 모르시는 거 같은데 여기는 무조건 밀어야 돼요."라고 하셨습니다.

좀 어이가 없었지만 다시 정중하게 말씀드렸습니다. 최대한 말끝을 흐리며 미용사분이 기분 안 나쁠 수 있게 말이죠. "아니, 제가 그래도 여기는 살리고 싶다고 말씀을 드렸는데…." 그러자 다시 강하게 말씀하십니다. "제가 19살부터 40년 가까이 미용을 했는데, 여기 남기는 사람은 없어요." 저도 슬슬 화가 치밀어 오르기 시작했습니다. "아니 제 눈에 안경이라고 제가 마음에 들면 되죠. 제가 특별히 부탁드렸잖아요." 그러자 갑자기 한숨을 쉬시더니 "알겠어요. 야! 네가 머리 해드려." 하며 다른 직원에게 제 머리를 맡기셨습니다.

보통 머리를 할 때 커트해주시는 미용사분과 가벼운 농담과 일상 얘기를 주고받는 편이지만, 그날은 머리하는 2시간 내내 미용실에 침묵이 흘렀습니다. 결과적으로 옆머리 쪽 빼고는 굉장히 마음에 드는 디자인의 머리가 나왔지만, 다시는 그 미용실에 가지 않을 생각입니다. 한 사람으로서 존중받는다는 느낌을 전혀 받지 못했기 때문입니다.

미용실에서 나오니 세상이 참 아름다워 보였습니다. 오랜만에 굉장히 숨 막히는 경험을 했던 거 같습니다. 이날 미용실 아주머니는 '전문성'과 '경력'으로 저를 짓눌렀습니다. 저의 '취향'과 '선호'는 전혀 고려하지 않은 채 말입니다.

아주머니의 마음가짐은 이런 것이었겠죠.
"내가 너보다 나이가 훨씬 많고, 머리에 대해 훨씬 더 전문가니 넌 내 말을 들어야 해!"
그 불편한 경험을 하고 나면서, 제 인생을 돌아보게 됐습니다.
'나는 누군가보다 좀 더 경험이 많다는 이유로, 좀 더 오래 살았다는 이유로 상대방이 원하지 않는 조언이나 훈수를 하고 있진 않을까?'

저도 돌아보니 그런 경우가 많았던 것 같습니다. 우리는 인생을 살아가며 많은 사람들과 다양한 대화를 하게 됩니다. 그리고 그 안에서 서로의 공통점을 찾고, 비슷하지 않은 사람들을 배척할 때도 있

습니다. 예를 들면 고향이 다르다는 이유나, 종교
적 성향이 다르다는 이유로 그 사람의 인생과 경험
은 존중하지도 않고 무시해버리는 겁니다. 흔히 우
리에게 '꼰대'라고 불리는 사람들은 자신이 경험하
고 느낀 게 전부인 세상에 삽니다. 그리고 그 세상
의 기준으로 사람들을 판단하게 됩니다. 하지만 이
런 경우에 본인 스스로가 발전하고 나아지기는 힘
든 거 같습니다.

누군가에게 원치 않는 상처를 주거나, 소통이
되지 않는다고 느껴질 때 본인의 의견을 고수하기
보다 상대방이 어떤 걸 원하고 어떤 걸 말하고 싶
은지 먼저 들어주고 공감해주면 어떨까요? 그럴 때
상대방의 꽁꽁 언 마음이 눈 녹듯 풀리는 경우를 많
이 본 거 같습니다.

말의 끝이 날카로워 상처를 주기보다는, 둥글게
상대방을 안아줄 수 있는 사람이 되고 싶습니다. 여
러분도 누군가에게 그런 사람이시길 바라 봅니다.

예쁘게 늙는 법

문학평론가 홍사중선생님의
밉게 늙는 사람들의 특징

1 평소 잘난 체, 있는 체, 아는 체를 하며
  거드름 부리기를 잘한다.

2 없는 척한다.

3 우는 소리, 넋두리를 잘 한다.

4 마음이 옹졸하여 너그럽지 못하고
  쉽게 화를 낸다.

5 다른 사람은 안중에도 없는
  안하무인격으로 행동한다.

6 남의 말을 안듣고 자기 이야기만
  늘어놓는다.

이 말을 반대로 하면
아름답게 늙어갈 수 있지 않을까.

1 잘난 체, 있는 체, 아는 체하지않고
겸손하게 처신한다.

2 없어도 없는 티를 내지 않는다.

3 힘든 일이 있어도 의연하게 대처한다.

4 매사에 넓은 마음으로 너그럽게 임하며
웬만한 일에는 화를 내지 않는다.

5 다른 사람을 배려하며 신중하게 행동한다.

6 내 이야기를 늘어놓기보다
남의 말을 경청한다.

최고의
낚시

며칠 전 친구들과 바다낚시를 다녀왔습니다. 낚시는 처음이라 기대를 많이 했습니다. 광어도 잡고 우럭도 잡아서 선상에서 싱싱한 회도 먹고, 라면도 끓여먹을 신나는 계획을 잔뜩 세웠습니다.

하지만 생각보다 너무 춥고 고기는 한 마리도 안 잡혀서 죽을 맛이었습니다. 거기다 날씨까지 우중충해서 해도 안 떴습니다. 황금 같은 주말, 자진해서 혹한기 훈련을 하는 느낌이 들었습니다. 행복한 시간은 화살처럼 빨리 지나가지만 힘든 시간은 화살을 만드는 시간처럼 느리게 가는 거 같습니다. 같이 온 친구와 5분마다 한 번씩 시간 체크를 했지만, 시간이 정말 더디게 흘러갔습니다. 선장실에 들어가면 조금은 추위를 피할 수 있었지만 밀폐된 공간 안에서 선장 할아버지가 대놓고 담배를 피우셔서 간접흡연이 아니라 직접흡연을 하는 느낌어서, 밖에 있을 수도, 안에 들어갈 수도 없는 총체적 난국이었습니다.

그렇게 제 머릿속에 "춥다"라는 생각만 있어서 그런지 다른 걸 돌아볼 여유가 없었습니다. 그런데 오전 10시쯤 되니 바람이 갑자기 그치고 해가 밝아졌습니다. 잡생각이 사라지고, 그때서야 마음의 여유가 생기기 시작했습니다. 우리처럼 안 좋은 날씨에도 낚시하러 나온 통일호 낚시꾼들도 보이고, 갈매기가 나는 모습, 서해대교의 웅장함도 느껴졌습니다. 무엇보다 반짝이는 바다가 너무나도 아름다웠습니다.

그렇게 1시간 정도 지났을까, 친구 한 명이 고기를 낚았습니다. 광어도 우럭도 아닌, 망둥이였지만 뭔가를 낚았다는 쾌감에 서로 사진을 찍어주며 웃었던 것 같습니다. 낚시가 끝나고 결국 저는 한 마리도 낚지 못했습니다. 우울한 표정으로 배에서 내리는 저와 친구들에게 선장님은 이렇게 말씀하셨습니다.

"낚시가 그래요. 운이 크게 좌우하지. 물이 따뜻

하면 300마리도 넘게 잡지만, 그렇지 않으면 한 마리도 못 잡아. 오늘 못 낚았으니 다음엔 분명 300마리 낚을 거야."

인생도 이와 비슷하다고 느껴집니다. 여러분들은 계획대로 1년을 정확하게 살아본 적이 있으신가요? 전 없는 것 같습니다. 하다못해 다음날 다이어트 계획도 개인의 의지에 의해 실패하고 달성하지 못하죠. 그렇게 비계획적이고 변수가 많기에 참 재밌는 게 인생이지 않을까요?

인생의 목표인 고기를 잡으러 갔을 때, 못 잡은 것에 투덜대고 화내기보다, 시선을 돌려 다른 낚싯배와 아름다운 서해대교, 갈매기가 나는 모습을 보는 여유를 갖는 게 필요하지 않을까 싶습니다. 그렇다면 좀 더 인생이 풍요롭고 행복해지겠죠.

그렇게 사는데
당연히 변하는 게 없지

"아, 알았어요. 선배. 제가 알아서 할게요."

2년 전쯤, 인생 고민이 있다고 조언을 들으러 온 직장 후배가 제 일장 연설을 30분 정도 듣다가 질려 내뱉은 말입니다.

"선배, 저 너무 힘들어요. 어떻게 살아야 할지 모르겠어요."

이대로 살면 도태될 거 같지만 어떻게 살아야 잘 사는 건지 감을 잡을 수조차 없어, 지푸라기라도 잡는 심정으로 저를 찾아왔을 겁니다. 후배가 봤을 때 저는 그래도 '잘 살고' 있는 거 같아 보였을 거예요. 직장생활을 하며 책도 내고 강연도 주기적으로 했으니까요.

하지만 그때 당시 저는 말 그릇이 굉장히 작았

던 것 같습니다. 팩트 폭력을 가장한 인신공격으로 후배의 기를 눌러버렸으니까요.

"야, 네가 그렇게 사는데 당연히 변하는 게 없지."

후배를 위하는 마음이라는 핑계로 뻔한 소리를 매크로처럼 반복하는 선배를 보며 후배는 분명 '꼰 대'라고 생각했을 겁니다. 어렵사리 연 마음의 문이 굳게 닫히는 소리가 들리더군요. 다행히 지금은 다시 가까워졌지만, 그 이후로 후배와 굉장히 어색해졌던 기억이 납니다. 발바닥에 난 상처에 연고를 발라주고 새살이 돋았을 때 천천히 걸음마를 가르쳤어야 했는데, '이 정도는 아무것도 아냐! 강해져야 한다!'라며 상처투성이인 발로 마라톤을 달리게 했던 거죠.

지금 생각하면 굉장히 부끄럽고 미안한 경험입니다. 내가 뭘 잘났다고 그 사람의 인생을 감히 재단했던 걸까, 왜 나만의 기준으로 그 사람의 인생에 점수를 매겼던 걸까. 아마 제가 그 상황에서 해줄 수 있는 가장 최선의 대처는 '많이 힘들지?' 같은 따뜻한 공감의 씨앗이 아니었을까 싶습니다. 그 후, 후배의 문제를 천천히 들여다보며 나름의 해결책을 '함께' 도출했어야 했겠죠. 이런 경험들을 통해 저도 조금씩 성장하는 거 같습니다.

최근에 일면식도 없는 후배에게 연락이 왔습니다. 제 글을 보며 너무 공감되고 힘이 나서 꼭 고맙다는 말을 하고 싶었다고 하더군요.

"부족한 글인데 그렇게 느껴졌다니 고마워. 그만큼 후배가 따뜻하고 깊은 사람이라 그런 거 같아. 이렇게 훌륭한 후배가 있어서 참 행복하다."라고 말했더니, "말 그릇이 정말 넓은 분을 찾은 거 같아 신기하고 영광이에요. 선배님 글을 읽으며 기운 내는 후배들이 많다는 걸 알아주세요."라고 답장이 왔습니다.

문득 누군가에게, 자주 보진 못하더라도 생일이 되면 커피 기프티콘을 보내주며 진심으로 생일 축하를 해주고, 때론 누구에게도 말하지 못하는 깊은 고민도 공감해주고 보듬어줄 수 있는 그런 사람이 되고 싶다는 생각이 들었습니다.

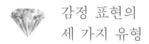

감정 표현의
세 가지 유형

A라는 동생과 얘기하다 굉장히 화가 많이 났던 적이 있습니다. 사건의 발단은 이랬습니다. B라는 동생이 C라는 여자애를 아냐고 물었고, 저는 C라는 여자애와 적당히 친하게 지낸다고 얘기를 했었어요. 그런데 이게 와전이 얼마나 심하게 됐는지, A라는 동생은 제가 이미 C라는 여자애와 그렇고 그런 관계라고 들었다며, 다 안다는 듯 음흉한 미소를 짓더라고요. 감정이 부글부글 끓었습니다만, 지금 이 친구에게 제가 느낀 감정을 그대로 배설한다면 A도 상처를 받을 것 같아 10초 정도 얘기를 하지 않고 가만히 있었습니다.

"형, 왜 그래요? 아니에요?"

갑자기 생각에 잠긴 절 보고, 가볍게 웃으며 넘길만한 상황이 아니라는 걸 깨달았는지 A도 사뭇 진지해졌습니다.

"A야, 혹시 그 얘기는 어떻게 들은 거야?"

그러자 A는 안절부절못합니다. 심각한 상황이라는 걸 직감적으로 깨달은 거 같았어요.

"아니, B가 그러더라고요."

말이라는 게 참 무섭습니다. 정확한 사실에 근거하지 않고 '걔 그랬다, 걔 그렇대.' 한 마디면 사람 바보 만드는 건 한순간이기 때문입니다. A와 B에게 정확히 내가 느끼는 감정과 그들의 잘못을 최대한 이성적으로 얘기해주고 싶다는 생각이 들었습니다.

"A야, 나는 C와 친하다고 했을 뿐인데, 그런 식으로 와전이 되어서 좀 많이 당황스럽네. 그리고 그렇게 웃으면서 가볍게 농담할 상황은 아닌 거 같아."

"죄송해요. 형, B가 그렇게 얘기하길래…."

다시 이야기를 이어갔습니다.

"응, 괜찮아. 하지만 지금 네가 느낀 감정을 B에게 폭력으로 사용하지 않았으면 좋겠어. 왜 거짓말하냐고 뭐라고 하지도 말고 욕하지도 말고 이성적으로 B의 말도 차근차근 들어봐야 될 것 같아."

잘못한 사실에 대한 부끄러움뿐만 아니라, 잘못된 정보를 준 B에 대한 화가 보였기에 그렇게 말을 덧붙였습니다. 그러자 A의 얼굴이 조금 평안해집니다.

"형, 많이 화 많이 나셨을 텐데 좋게 애기해주셔서 감사해요. B랑도 잘 풀어볼게요."

다음 날, A와 B가 함께 저를 찾아와서 이렇게 말했습니다.

"형, 진심으로 죄송해요. 말의 무서움을 뼈저리게 느꼈어요. 제가 형이었으면 욕하고 엄청 화냈을 텐데 그 상황에서 형이 그렇게 편하게 감정을 전달해주셔서 정말 많이 배웠습니다."

<말 그릇>이라는 책에는 감정표현의 3가지 유형이 있다고 합니다.

첫 번째는 폭포수형, 두 번째는 호수형, 세 번째는 수도꼭지형입니다.

폭포수형은 기분이 나빠지면 감정을 쏟아내야 속이 후련해지는 스타일입니다. 하지만 그것을 받아들이는 상대는 가시 돋친 말에 상처를 입고 나가떨어지게 됩니다.

두 번째는 호수형입니다. 이 유형의 사람들은 웬만해서는 감정 표현을 하지 않습니다. 그러나 호수는 고여 있습니다. 물은 자연스레 흘러야 하는데 고여 있으면 결국 썩게 됩니다.

세 번째는 수도꼭지형입니다. 사용하지 않을 때는 흐르지 않게 잠가두고, 필요할 때는 원하는 만큼 조절해서 사용합니다. 감정 표현이 정확한 사람은 목적에 맞는 말을 꺼내어 사용할 줄 압니다. 놀란 마음에 엉뚱한 감정을 드러내지 않고, 해결해야 할 감정을 모르는 척 미루어두지 않습니다. 말과 감정이 조화로운 경우입니다.

자신들의 잘못을 진심으로 뉘우치고 용서를 구하는 A와 B에게, 잘못을 인정하는 게 부끄럽고 힘든 일인데 용기 내줘서 감사하다고 말했습니다. 감정이 이성을 지배하기 쉬운 상황에는, 말을 하기 전에 5초 정도 생각하고 얘기하는 게 좋은 거 같습니다. '이 상황에 이런 말을 해도 될까?', '내가 이렇게 얘기하면 상대방은 어떤 반응을 보일까?' 이렇게 생각하면 자연스레 거칠었던 감정이 어느 정도 정제되고, 좀 더 솔직하고 이성적으로 말을 전달할 수 있게 됩니다.

　A와 B랑은 지금도 참 좋은 형 동생 사이로 잘
지내고 있습니다. 그들이 누군가에게 상처와 아픔
을 주기보다 사랑과 행복을 줬으면 좋겠습니다. 자
신의 감정을 솔직하게 마주 볼 용기가 있는 친구들
이니 분명 그런 사람일 거라 믿어 의심치 않습니다.

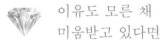

이유도 모른 채
미움받고 있다면

누군가를 상담해주고 따뜻한 말을 건네주는 역할을 하다 보니, 정작 제가 힘들고 지칠 땐 누군가에게 그 고민을 털어놓기 힘든 경우가 많습니다.

작년 초부터 고등학교 때 정말 친했던 A라는 친구와 갑자기 멀어졌습니다. 어떤 계기인지는 잘 모르겠습니다. 제가 메시지를 해도 읽고 답장도 없고, SNS 팔로우를 신청해도 받아주지도 않았습니다. A가 오랜 기간 외국에 있다가 최근에 한국에 들어와서 전화를 해봤습니다. 수신음이 좀 가더니 그 친구가 전화를 받았습니다. 잘 사냐고 묻자, 굉장히 차갑게 '왜'라고 대답합니다. "한국 왔는데 왜 연락 안하냐?"라고 장난스럽게 말하자, "바쁘다. 좀 이따 연락할게."라고 하며 전화를 끊어버립니다.

전화를 끊고 친한 친구의 결혼식에 올 거냐고 A에게 카톡을 보냈습니다. 또 읽고 답장이 없더라고요. 저로서는 굉장히 답답해 죽을 맛이었습니다. '도대체 내가 뭘 잘못했길래….'

다른 사람들에게 상담해줄 때는 그렇게 기대하지 말고 여유를 가지라고 말하면서, 막상 제가 이 상황이 되니 그렇게 되지 못했습니다. 이유라도 알고 싶고, 잘못한 게 있다면 고치고 싶었습니다. 그리고 A에게 내가 뭘 잘못했는지만 좀 얘기해줬으면 좋겠다고 메시지를 보냈습니다. 역시나 읽고 답이 없었습니다.

제 인생이 부정당하는 느낌이 들었습니다. 알게 된 지 얼마 되지 않은 사람도 아니고 고등학교 시절부터 제일 친한 친구였는데….

'내가 그렇게 안 좋은 쪽으로 변한 건가? 뭘 잘못한 거지? 어디서부터 단추가 잘못 끼워졌을까?'

이 공허한 감정을 풀기 위해 A를 아는 고등학교 친구 몇 명에게 연락을 해봤습니다. 대부분 "네가 할 만큼 했네. 그래도 저렇게 무시하는 건 A가 사람 된 도리가 아니지."라는 반응이었습니다. 그런데 더 공허해졌습니다. 공허함을 견디기가 힘들어 마지막으로 C라는 친구에게 연락을 해봤습니다. "C야, 나 A가 왜 저러는지 모르겠다. 딱히 어떤 이유도 없었고, 큰 실수도 없었다. 그냥 갑자기 끈이 잘리듯 싹둑 잘려버려 굉장히 당황스럽고 서운하다. 인생이 부정당하는 기분이 든다."

그러자 C는 저에게 이렇게 말했습니다.

"네가 주목하고 있는 건 서운함 같아. 내가 이 정도까지 했는데 A가 어떻게 이럴 수 있어? 이런 감정이지. 그렇지만 생각해봐. 누구나 이유 없이 사람이 싫어질 수 있어. 그게 질투가 될 수도 있고, 아니꼬움이 될 수도 있고, 삶의 방식이 될 수도 있는 거잖아? 내가 보기에 A는 지금 그냥 네가 싫은 거야. 이유는 나도 모르겠어. 그런데 그 이유를 말해달라고 하는 자체가 A에게는 더더욱 스트레스가 될 거고, 그럼으로써 너를 더 싫어할 수도 있겠지.

이유를 묻는다고 해서 풀릴 관계가 아니라면 그냥 놔둬. A가 널 싫어하는 데 초점을 맞추기보다, 이런 깊은 고민을 들어주고 정성스레 답변을 해줄 수 있는 좋은 사람들이 네 주변에 있다는 것에 감사하는 게 좋지 않을까?"

국어라는 과목이 싫은 이유에 대해 누군가는 답이 애매모호해서라고 대답할 것이고 누군가는 지문 읽는 게 짜증나서라고 대답할 것이고 누군가는 '그냥'이라고 대답할 겁니다. 그냥 국어라는 과목이 싫은 겁니다. 이유가 없이 말입니다.

제가 아마 A에게 그런 사람이었을 수도 있을 것 같다는 생각이 들면서 A에게 느꼈던 서운함이 훨씬 덜해졌습니다. 그리고 마음속으로 A와 멀어지고 영영 보지 못할지라도 그 이유에 대해서 궁금해하지 않고, 그저 A와 함께했던 좋은 추억들만을 간직해야겠다, 그리고 시간이 지나 A가 먼저 다가와 준다면, 그때 반갑게 손 흔들어 줄 수 있는 사람이 되어야겠다는 생각이 들었습니다.

괜찮습니다, 라고
소리치려고요

대학원 동기 중 K라는 분이 계시는데요, 대기업 강사를 20년 가까이 하시고 퇴사하셔서 지금은 프리랜서로 일하고 계신 분입니다. 나이도 저보다 많으셔서 말을 편하게 해주셨으면 좋겠다고 몇 번이나 말씀드렸는데도 끝까지 민창쌤, 민창쌤하며 존대를 하십니다. 중간 과제나 기말 과제도 대충하실 법한데 제일 어린 저보다 훨씬 더 최선을 다하십니다. 성격도 굉장히 유들유들하시고 누구와도 잘 지내세요. 보면서 참 '우아'하다는 생각이 드는 분입니다.

그런 K선생님과 최근에 커피를 마시며 많은 대화를 나눴습니다. 말을 하는 사람, 자기계발에 관심이 많은 사람이라는 공통분모가 있어서 그런지 대화가 참 즐거웠습니다. 물론 15살이나 어린 저를 이해해주고 맞춰주시는 K선생님의 보이지 않는 배려가 한몫했던 것 같아요. 그렇게 대화를 나누는 중제가 그분께 이런 칭찬을 했습니다.

"K쌤, 쌤은 참 완벽하신 것 같아요. 세심하시고요. 그게 참 부러워요. 저는 체계적이지 못하고 즉흥적이거든요. 그래서 많이 넘어지는 거 같아요."

그러자 K선생님이 저에게 이렇게 말씀하시더라고요.

"저도 민창쌤의 그 행동력과 열정이 부러워요. 저는 목적을 세워놓고 움직이는 스타일이라 사실 움직이는 게 쉽진 않거든요. 그런데 그렇게 우당탕탕 부딪히고 깨져보면서 크게 성장하는 거 같아요. 그리고 그게 지금의 민창쌤을 만들지 않았을까요?"

<아름다운 비행>이라는 영화가 있습니다. 에이미라는 작고 귀여운 소녀와 그녀가 키우는 16마리의 거위들이 따뜻한 남쪽 나라로 함께 비행하는 영화인데요, 아빠와 함께 경비행기를 조종하며 거위들을 인도하던 에이미는 난관에 부딪힙니다. 바로 아빠가 비행 중 부상을 입어, 함께 비행을 하지 못하게 되는 상황이 온 겁니다. 30마일의 거리를 홀

로 비행해야 하는 에이미는 절망에 빠집니다. 그리고 "아빠 없인 못 찾아요."라고 얘기하죠. 그런 에이미에게 아빠는 이렇게 얘기합니다.

"찾을 수 있어. 넌 엄마를 닮았잖아. 용감하게, 네게도 그 강인함이 있어."

그 말에 힘을 얻은 에이미는 결국 무사히 목적지에 도착해서 거위들을 따뜻한 남쪽 나라로 안내해주게 됩니다.

우리의 인생도 에이미와 굉장히 많이 닮아있지 않나 싶습니다. 15살도 안 된 에이미가 거위를 남쪽 나라로 이동시켜보겠다고, 경비행기 타는 법을 배울 때 전 코웃음을 쳤습니다. 누가 봐도 말도 안 되는 무모한 도전이었습니다.

그런데 에이미는 끊임없는 연습 끝에 경비행기를 무리 없이 조종하게 됐습니다. 물론 많은 실패가 있었습니다. 땅에 처박혀도 보고, 조종간을 제대로 잡지 않아 큰일이 일어날 뻔도 했습니다. 하지만 결국 에이미는 따뜻한 남쪽 나라로 거위들을 인도합니다. 그녀 스스로의 힘으로 말입니다. 그녀가 만약 '할 수 없다, 불가능하다'라고 하며 도전하지 않았다면요? 바뀌는 건 없었을 겁니다. 거위는 나는 법

을 배우지 못했을 것이고, 주는 모이만 먹으며 살아
야 됐을 겁니다. 하지만 불가능한 도전을 어쨌든 시
작했기에, 그 무모한 도전은 감동의 피날레로 끝을
맺을 수 있었던 것 같습니다.

무언가를 하기 전에 끊임없이 생각하고 또 생각
하는 성향의 사람들이 있습니다. 리스크 테이킹을
따져 보는 겁니다. 이런 경우 대개 안정적으로 살아
갑니다. 실패할 확률이 낮으니까요. 반면 저같이 일
단 부딪혀보는 성향의 사람들도 있습니다. 결국 많
이 넘어집니다. 처음 넘어지면 참 아프고 쓰립니다.
그런데 연고를 바르고 밴드를 붙여놓으면 어느새
새살이 돋습니다. 그다음에 넘어지면 처음만큼 아
프진 않습니다. 그렇게 계속 넘어지다 보면 넘어지
는 반동으로 일어서는 법을 배우게 됩니다. 그때는
더 이상 넘어지는 게 두렵지 않아요. 다시 일어나면
되니까요.

살면서 수많은 실패와 좌절을 겪었던 것 같습니
다. 참 힘들고 도망치고 싶을 때도 많았습니다만,
결국 그런 경험들이 지금의 나를 만들지 않았나 싶
습니다. 또 많은 실패를 하고 좌절하겠죠. 그게 나

니까요. 그렇지만 그 실패와 좌절을 극복한 경험들이 있기에 다시 일어나려고 노력할 겁니다. 그리고 누구보다 씩씩하게 '괜찮습니다.'라고 소리치려고요.

저와 비슷한 성향의 분들이 계신다면, 실패에 좌절하지 않으셨으면 좋겠습니다. 분명 그 실패의 과정들이 본인의 성장에 큰 자양분이 될 테니까요.

Chapter 2

인생에서
가장 중요한 날은
오늘이야

현명하게
피드백 주는 방법

　몇 십 년을 알고 지내도 불편하고 어색한 사람이 있는 반면에, 단 한 시간을 같이 있어도 숨기고 싶었던 나의 모습까지 다 드러내고 싶은 사람이 있습니다. 자주 연락하지 않아도 불안하지 않고, 한 번씩 연락했을 때 서로에게 힘이 되고 위안이 될 수 있는 쉼터 같은 사람들. 그리고 저에게 그런 사람은, 무조건적인 칭찬을 하는 사람도 과도한 비판을 하는 사람도 아니고 서로에게 불편한 부분이나 잘 맞지 않는 부분들을 지혜롭게 대화로 해결하는 사람인 거 같아요.

　A라는 형이 저에게는 그런 존재였습니다. 강연을 업으로 하시는 분이었지만, 그 외에도 다양한 활동들을 꾸준히 하시며 '내가 나이가 들면 저렇게 되고 싶다.' 라는 롤모델이 되시는 분이었습니다. 처

음 만나자마자 격의 없고 소탈한 모습에 마음을 금방 열 수 있었고, 자주 연락하지 않더라도 가끔 만나서 술 한 잔 기울일 수 있는 가까운 사이가 됐습니다.

3달 전쯤, 대학교 버스킹을 기획하고 5분 남짓 되는 강연 안을 3개 정도 만들었습니다. 제가 SNS에 올렸던 글들을 토대로 강연 안을 만들었는데, 몇 명의 지인들에게 들려온 피드백은 부정적이었습니다. '재미없다.' '따분하다.' '지루하다.'

물론 그 후에 좋은 말들을 해줬으나, 처음부터 그렇게 부정적인 말들을 들으니 위축되고 자신감이 떨어졌습니다. 그때 마침 A에게 연락이 왔습니다.

"민창아, 나 원주에 강연 있어서 가는데 시간 되면 얼굴이나 볼까?"

"네, 형 너무 좋죠!"

그렇게 A와 만나서 밥도 먹고 커피도 마시는 중, A가 저에게 이렇게 얘기했습니다.

"민창아, 무슨 고민 있어?"

저는 제가 갖고 있던 문제들을 A에게 털어놓았습니다. 강연을 기획했는데, 저는 잘 만든 거 같은데 생각보다 피드백이 너무 좋지 않다. 갖고 있던 자연스레 자신감이 떨어지고 뭘 해야 될지 모르겠다. 힘들다. 그러자 A가 웃으며 이렇게 얘기했습니다.

'민창아, 혹시 괜찮으면 형이 한 번 들어볼 수 있을까?'

부정적인 피드백으로 인해 위축되어 있었지만, 떨리는 마음으로 A라는 형의 눈을 바라보며 리허설을 했습니다. A의 눈빛은 '내가 너의 단점을 찾아서 고쳐줄게, 넌 이게 부족한 거 같아.'라는 의심의 눈빛이 아니라, '참 잘하고 있구나, 그 짧은 시간에 어떻게 이런 걸 준비했니. 대단하다.'라는 편안한 눈빛이었던 거 같아요. 그래서 하는 도중에 여유도 생기고 미소도 머금으며 끝냈습니다.

끝나고 평가를 기다리고 있는데, A가 제 어깨에 손을 살짝 올리며 이렇게 얘기했습니다.

"민창아, 참 대단하다. 항상 새로운 시도를 하는 네 모습에 형도 참 자극 많이 받고 고마워. 형이 생각했을 땐 진짜 잘했어. 완벽해 100점이야!"

그 말을 듣자마자, 지금까지 들었던 부정적인 피드백이 날아가고 위축되었던 자신감이 빠르게 차오르는 게 느껴졌습니다. 그리고 그 후에 A가 이렇게 말했습니다.

"그런데 120점 되는 방법도 있는데, 한번 들어볼래?"

안 들을 수가 없었습니다. 그리고 웃으며 세세하게 부분 부분을 다듬어주시는 A의 모습에 기분 좋게 강연 안을 수정할 수 있었고, 덕분에 대학교 버스킹 강연은 성공리에 끝날 수 있었습니다.

'팩트폭력'이라는 말이 있습니다. 좋은 말만 하는 게 아니라, 현실을 깨닫게 해줘야 한다. 충격요법으로 정신 차리게 해야 한다.라는 의도로 사람들 사이에서 유행했던 것 같아요. 그런데 정작 받아들이는 입장인 사람의 마음이 이미 큰 상처를 받은 상태라면, 너덜너덜해져 있는 와중에 또 날카롭고 까칠한 말로 마음을 후벼 판다면 그 사람의 마음은 그 어떤 방법으로도 회복하기가 힘들 거 같습니다.

A라는 형도 저에게 분명히 고칠 부분과 단점을 말씀해주셨지만, 접근 방식이 굉장히 따뜻했던 것 같습니다. '내가 너를 고쳐줄게.' 같은 부모님이나 선생님의 입장이 아니라, '참 잘했어. 대단해. 그런데 이런 부분을 이런 식으로 약간만 수정한다면 어떨까?' 같은 편한 친구의 입장으로 다가왔던 거죠.

그리고 그런 A의 배려에 저는 진심으로 감동할 수 있었습니다.

주변을 돌아봤을 때, 참 답답하고 한심하다는 생각이 드는 친구들이 주변에 있을 수 있습니다. 그리고 그 친구들을 변화시키는 건, 현실을 노골적으로 자각하게 해서 반등을 꾀하게 하는 방법밖에 없다고 생각하는 사람들도 있는 거 같아요.

그러나 이미 그 사람이 그런 노골적인 말들로 상처를 많이 받고 힘들어하는 상태라면 그런 충격요법은 그 사람의 마음을 갈기갈기 찢을 수가 있어요. 그렇기에 처음에는 조심스럽게 그 마음을 어루만지며, 천천히 함께 나아가는 동반자가 되어준다면 어떨까요? 그 순간, 친구들은 진심으로 고마워할 것이고, 여러분이 그 친구를 소중하게 생각하는 것처럼 여러분을 소중하고 따뜻하게 생각할 거예요.

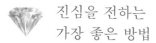

진심을 전하는
가장 좋은 방법

전 소중한 사람들에게 마음을 표현할 때 손편지를 자주 씁니다. 효율성면에서는 카톡이나 메일과 비교조차 할 수도 없지만, 펜을 쥐고 종이에 손편지를 쓰면서 그 사람과의 아름다웠던 추억들을 생각하거나, 만들어갈 아름다운 미래를 생각하면 그 시간이 참 값지고 행복한 것 같습니다.

벌써 2년 정도 된 것 같습니다. 농구를 하고 집으로 돌아가는 도중 왜 그랬는지 모르겠는데 우회전 차선에서 대기하고 있는 택시를 뒤에서 받아버렸습니다. 택시가 2m 가량 앞으로 밀릴 정도로 충격이 컸습니다. 전적으로 저의 과실이었습니다. 내리시는 택시기사님께 90도로 고개를 숙이며 이렇게 말씀드렸습니다.

"죄송합니다. 기사님 제가 잠시 정신을 놓고 있었습니다. 완벽한 제 잘못입니다. 다시 한 번 죄송합니다."

하지만 기사님만 계시는 게 아니라 뒤에 손님도 타 계셨습니다. 그분은 정말 충격이 커 보이셨습니다. 너무 죄송해서 그분께도 진심으로 사과를 했습니다. 두 분 다 그날 입원을 하셨습니다. 저는 병동을 찾아가서 음료수와 손편지를 드렸습니다. 두 분 다 깜짝 놀라셨습니다. 이렇게 올 줄 꿈에도 몰랐다고 하시면서요. 저는 너무 죄송해서 꼭 찾아뵙고 말씀드리고 싶었다고 얘기했습니다.

그리고 몇 달 정도 지났을까요, 저는 서울 종각에 있는 영풍문고에서 처음으로 강연을 하게 됐습니다. 첫 강연이니 얼마나 신나고 떨렸겠습니까. 끝나고 일일이 인사를 드리고 있는데, 그때 제가 차 사고를 내서 입원하셨던 분이 찾아오셨습니다. 그분이 말하길, 참 특이한 사람인 것 같아서 계속 SNS를 지켜보고 있으셨다고 해요. 그렇게 그 후로도 종종 연락을 주고받고, 독서 모임에도 한 번 오시고 했던 기억이 납니다.

우연이 인연으로 발전하는 경우를 손편지를 통해 정말 많이 경험했던 것 같습니다. 소중한 누군가가 있지만, 쑥스러워 마음을 전하지 못할 때가 많습니다. 누군가에겐 연인이 되겠고, 누군가에겐 부모님이 되겠고, 또 누군가에겐 매번 갈 때마다 골뱅이 서비스를 주시는 단골 술집 사장님이 되겠죠. 말로 따스한 마음을 전하기가 힘들다면, 손편지를 한 번 써보시는 건 어떤가요? 여러분이 못 봤던 소중한 사람들의 색다른 모습을 볼 수 있을 겁니다. 그리고 그 사람들은 여러분들을 보다 더 소중하게 생각할 거예요.

세상에서 제일
강한 사람

제가 어린 시절 할아버지는 저에게 뽀빠이였어
요. 예순의 나이에도 불구하고 저와 동생이 팔에 매
달려도 끄떡없을 정도로 몸 관리를 철저히 하셨습
니다. 시금치를 많이 먹어서 그렇다는 우스갯소리
도 흘리지 않고 들을 정도로 할아버지의 말 한 마디
한 마디를 신뢰했습니다. 약 20년 정도 할아버지와
함께 살면서, 주변에서 할아버지에 대해 안 좋게 얘
기하는 사람을 단 한 명도 보지 못했어요.

물론 할아버지도 절대 다른 사람의 험담을 하지
않으셨습니다. 항상 모두에게 친절하고 신뢰를 주
는 사람이셨어요. 지금 생각해보면 할아버지는 매
사에 감사하셨던 거 같습니다. 할아버지가 30년 전
에 친한 친구에게 큰돈을 사기당한 적이 있었습니
다. 그런데 할아버지는 그 친구를 욕하지 않았습니

다. 오히려 돈을 갖고 있었으면 더 욕심낼 게 많았는데, 그렇게 안 돼서 다행이라는 겁니다.

큰돈이 없어도 행복하게 살아가며 아버지를 잘 키우셨고, 결코 좌절하거나 무너지지 않으셨습니다. 지금 생각해보면 저는 할아버지의 감사할 줄 아는 태도를 존경했습니다. 같이 밥 먹을 때도 정성껏 차려주신 할머니와 엄마에게 고맙다는 인사를 매번 하셨고, 만나는 사람에게도 오랜만에 만나니까 참 소중하고 감사하다고 하셨습니다. 매사에 감사한 분이셨죠. 그렇기에 할아버지는 풍족하고 행복한 인생을 살 수 있었던 것 같습니다.

'감사할 줄 아는 사람은 강한 사람입니다. 감사하는 마음에서 힘이 생기기 때문입니다. 모든 여유로움은 우리가 가진 것에 감사하는 마음으로부터 나옵니다.'

매 순간 불평하며 사는 경우가 많습니다. 이건 내 업무가 아닌데 왜 나한테 주는 걸까, 난 퇴근하고 할 일이 있는데 오늘 왜 야근을 시키는 걸까, 친구들은 왜 항상 나에게 듣기 싫은 소리만 하는 걸까.

그런데 조금만 관점을 바꿔보면 어떨까요? 이왕 해야 할 업무라면, 그리고 만나야 할 친구들이라면 행복하게 생각해보는 겁니다. "아, 새로운 분야를 배워서 뿌듯하네. 내가 일하는 방식에 활용 가능하겠다.", "친구들이 그만큼 나를 사랑해주고 생각해주는구나."라고 말입니다.

관점만 바꾸면 우리 곁에는 굉장히 감사한 일들이 많습니다. 그리고 우리 자신이 그 일들에 진심으로 감사하고 풍요로움을 느낄 때, 나뿐만 아니라 나와 함께 하는 사람들에게도 행복을 전해줄 수 있을 거예요.

내가 무작정 밖을
돌아다닌 이유

성공에 대한 열망이 정말 강했던 적이 있습니다. 퇴근하고 매일 책 읽고 잠을 줄이고 주말에도 글 쓰고 휴가까지 내서 강연 들으러 다니고. 하루 빨리 성공을 해야겠다는 강박관념에 빠져있었어요. 그러다 한 번 크게 아파서 삼일을 앓아누웠습니다. 무엇을 할 생각도 못 하고 꼼짝 누워서 그냥 빨리 나았으면 좋겠다는 생각만 했습니다. 그런데 나흘째 되면서 몸이 좀 나아지자 여유가 생겼습니다. 눈이 떠질 때 일어나고, 커튼을 열고 창문을 여니까 시원한 바람이 불고, 일어나서 밑을 보니까 한 번도 못 봤던 동네의 전경이 보이고.

옷을 갈아입고 무작정 나가서 걸었습니다. 걸으면서 집 근처 담벼락도 구경하고, 아스팔트 사이에 핀 꽃도 구경했죠. 익숙하고 당연하게 생각한 것들인데 참 아름다웠습니다. 문득 이런 생각이 들었습니다. 나는 오지도 않을 미래의 성공을 위해 지금의 현재를 가볍게 생각하고 있진 않았는가.

그 이후 며칠 동안 하루에 30분은 온전히 저를 위한 시간을 가졌습니다. 집 앞에 작지만 예쁜 공원이 있는데, 아무 생각 없이 걷거나 벤치에 앉아서 지친 제 마음에 휴식을 주기 시작했어요. 그러니 성공이라는 커튼에 가려져 있던, 소소한 행복들이 보이기 시작했고 조금은 마음의 여유가 생겼습니다. 전 지금까지 이 소소한 행복을 가벼이 여겼던 거 같습니다.

우리에게 주어진 도전은 이 순간을 충분히 경험하는 것입니다. 물론 쉬운 도전은 아닙니다. 미래에 대한 기대로 지금 이 순간의 가능성을 놓치지 않는 것. 미래의 기대로부터 자유로울 때 지금 이 순간 일어나는 이 신성한 공간에서 살아갈 수 있습니다.

우리는 빨리, 그리고 잘하는 게 성공의 방법이고 인정받는 방법이라고 여기며 살았습니다. 그래야만 직장에서 인정받고, 사회에서 인정받고, 성공할 수 있다고. 그런데 성공의 기준은 사람들마다 다

다릅니다. 누군가에겐 돈을 많이 버는 것일 수도, 누군가에겐 명예가 될 수도, 또 누군가에겐 지금 이 순간 내가 하고 싶은 것을 하며 사는 것일 수도 있습니다.

참 열심히 사는 사람들에게, 열심히 사는 이유가 뭐냐고 물어보면 대부분 "행복하기 위해서"라고 대답합니다. 그 의미가, 미래에 올지 안 올지 모르는 불확실한 행복을 위해 현재를 희생하고 있다는 말처럼 들려 안타깝기도 합니다.

먼 미래를 위해 현재의 내 감정을 희생시키지 않았으면 좋겠습니다. 현재가 있어야 미래가 있고, 현재가 행복해야 미래도 행복할 수 있습니다. 열심히 살되, 그 안에서 행복을 찾고 행복을 느끼셨으면 좋겠습니다.

자존감 VS 자존심

자존감과 자존심의 차이는 무엇일까?

<자존감 높은 사람의 특징>

1 상황에 따라 처신을 달리하지 않는다.

2 타인을 얕잡아보거나 함부로 하지 않는다.

3 이기고 지고는 중요하지 않고 결과에 도달하는
  과정 속에서 최선을 다한다.

<자존심 강한 사람의 특징>

1 목표는 오로지 하나. 지지 않는 것이다.
  이기는 것은 그 다음 문제다.

2 자신을 그럴 듯하게 부풀려 보이고 싶어
  실질적 손해를 감한다.

3 자존심을 해치는 일을 당하면 기필코 반격하고
  당한 것을 끝까지 잊지 않는다.

신기하게도 사람들은 자존감 있는 사람과 자존심 강한 사람을 직관적으로 알아볼 수 있어서 자존감이 없으며 자존심만 강한 사람을 기피한다. 오늘부터 '자존심' 보다는 '자존감' 이 높은 사람이 되기 위해 노력해보면 어떨까.

1 누군가가 자신의 행동에 대해 합당한 비판을 한다면 웃으며 수용하고 진지하게 고치려고 노력한다.

2 자신의 단점을 숨기기보다 좀 더 긍정적으로 활용할 방안을 찾는다.

3 내가 우선이기보다 상대방부터 배려한다.

4 주변의 시선에 흔들리지 않고, 내가 옳다고 생각하는 가치관은 또렷이 지킨다.

이러한 고민을 통해 어제보다 더 나은 오늘의 내가 될 수 있다.

스타벅스에 자주
갈 수밖에 없는 이유

스타벅스를 자주 가는 분들이라면 대부분 닉네임이 있을 겁니다. 제 닉네임은 '취미는 독서'인데요, 독서를 많이 하지도 않는데 음료가 나올 때마다 '취미는 독서 고객님. 주문하신 아이스 아메리카노 나왔습니다.'라고 하시니 뭔가 민망하기도 하고 부끄럽기도 합니다.

여튼 원주 단계동 스타벅스 터미널점을 갈 때마다 제 닉네임을 제일 힘차게 불러주시는 직원 분이 계셨습니다. 항상 환한 미소를 머금으며, 자신의 일에 자부심을 갖고 최선을 다하는 모습이 멋져 보였습니다.

"오늘도 아이스 아메리카노 드시나요?"

"아, 오늘은 좀 다른 거 마셔보려고요."

웃으며 간단히 안부를 물을 정도의 사이는 됐던

것 같아요.

그런데 몇 달 전부터 그 분이 안 보이셨습니다. 늘 반갑게 인사해주시던 분이라 뭔가 아쉽기도 했지만, 그렇다고 제가 스타벅스 고객센터에 불만을 접수할 수도 없는 거고 떠난 그 분을 다시 돌아오게 할 수도 없었기에 평소처럼 커피를 마시며 작업을 했습니다.

그렇게 몇 달이 지나 제 기억 속에서 그 분의 존재가 알게 모르게 희미해져 갈 때쯤이었습니다. 날씨 좋은 주말 아침, 흥겨운 노래를 들으며 러닝을 했습니다. 컨디션이 좋았는지 평소보다 많이 뛰었고, 목이 굉장히 말랐습니다. 지갑도 안 들고 나와서 뭘 마시지 고민하고 있는 찰나에, 근처에 새로 생긴 스타벅스가 있는 게 보였고 사이렌 오더(원격으로 주문)로 아이스 카라멜 마끼아또를 주문한 뒤, 터벅터벅 걸어갔습니다.

그리고 스타벅스에 들어가는 순간, 익숙한 얼굴이 보였습니다.

"취미는 독서 고객님 반가워요!"

익숙한 그 분과, 터미널 점에 있던 또 다른 직원 분 그렇게 두 분이서 제가 들어오자마자 환하게 웃으며 손을 흔들어주셨습니다.

"어, 여기 계셨어요? 터미널에 안 계셔서 그만두신 줄 알았어요."

"아, 저희는 신규매장 생기면 순환해서요. 사이렌 오더에 취미는 독서 고객님 뜨시길래, 고객님 오면 우리 반갑게 손 흔들어주자고 했어요."

그렇게 간단한 안부를 묻고 자리에 앉아 창밖을 보며 카라멜 마끼아또를 마셨습니다. 그날 유난히 기분이 좋았던 기억이 납니다.

호주의 칼럼니스트 피터 피츠사이몬스의 <인생의 작은 법칙들>이라는 책에서는 반가움의 법칙에 대해 다루고 있습니다. 두 사람이 서로를 반기는 정도는 현재 만난 장소와 두 사람이 평소 자주 만나는 장소와의 거리에 비례한다는 것입니다. 즉, 현재의 만남이 늘 만나는 장소에서 멀리 떨어져 있으면 있을수록 반가움의 정도는 더 커진다는 거죠.

부모님과 같이 사는 학생이라면, 부모님을 볼 때마다 반갑다기보다는 오히려 갑갑함을 느낄 겁니다. 부모님이 출장 좀 가셨으면, 부부동반모임 좀 가셨으면, 그래서 잔소리 안 듣고 원 없이 집에서 게임을 하고 싶을 거예요. 하지만, 부모님과 따로 떨어져 살아 명절 때만 만난다면 어떨까요? 굉장히 반가울 겁니다. 물론 그 직원분은 저에게 잔소리를 하시지도 않았고, 청소를 시키지도 않았습니다. (웃음) 하지만 어떻게 보면 이 날의 우연한 만남이 저에겐 굉장히 큰 반가움으로 다가왔던 겁니다.

돌이켜보면, 반가움의 법칙이 아니라 짜증남의 법칙을 적용할 수 있는 사람들도 있는 거 같습니다. 안 좋게 헤어진 옛 연인관계라든가, 성격이 맞지 않아 절연한 친구관계 같은 경우겠죠.
하지만, 짜증남의 법칙을 적용해야 하는 사람들의 수보다 반가움의 법칙을 적용할 수 있는 인연의 수가 훨씬 많다는 것, 그리고 그 반가움의 법칙에 해당하는 분을 예상치 못하게 만나는 행복을 누렸다는 것, 그것만으로도 그 날은 행복으로 가득 채워졌던 것 같습니다.

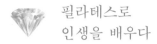

필라테스로
인생을 배우다

최근에 어깨가 많이 약해져서 재활로 필라테스를 시작해서 첫 수업을 받았습니다. 강사님은 약해진 근육만큼 다른 근육을 많이 써서 몸의 코어나 균형이 많이 안 잡혀 있다고 하셨습니다. 굉장히 힘든 자세들의 연속. 도대체 힘은 어떻게 줘야 하며, 호흡은 어떻게 해야 할지 정말 힘들었습니다. 그 와중에 어깨를 바닥에 붙이고 등 쪽으로 힘을 주는 자세가 있었는데, 강사님이 처음에는 근육의 명칭을 설명하시며 힘을 주라고 하셨습니다. 도통 모르겠어서 혼자 끙끙대고 있자, 강사님이 딱 한 마디 하셨어요.

"10만 원짜리 수표 한 다발을 겨드랑이 사이에 끼우고 간다는 느낌으로 힘을 주시면 돼요."

그 한 마디에 신기하게도 정확히 그 부위에 힘이 들어갔습니다.

'지식의 저주'라는 말이 있습니다. 내가 아는 지식들을 상대방이 당연히 알 거라 생각하는 전제하에 대화를 하는 것입니다. '전거근은 이렇고, 슬개골과 견갑골에 이렇게…'라고 설명하는 것보다, 상대방의 경험에 빗대어 쉽게 얘기해주는 것. 이 일을 계기로 누군가에게 '이 정도는 당연히 알아야지.'라고 생각하며, 나만의 기준을 설정하고 사람을 대하지는 않았나 생각해봤습니다.

말을 시각화시키는 것.

'I see'는 단어 그대로 해석하면 '나는 본다'지만, 실제 뜻은 '알았다'라는 뜻입니다.

볼 수 있으면 알 수 있고, 알 수 있으면 공감할 수 있습니다.

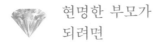

현명한 부모가
되려면

친한 형의 아들이 있습니다. 곧 4살이 됩니다.
비요뜨를 좋아하고요. 여느 또래들처럼 볼살이 많
고 머리가 큽니다. 저는 사실 아이를 별로 좋아하지
않습니다. 한 번씩 '아이 좋아하세요?'라는 질문에
사실 어떻게 대답을 해야 할지 몰라 얼버무렸던 적
이 몇 번 있습니다. 보통 돌발질문에도 망설이지 않
고 대답을 하는 편이지만 "아이 좋아하세요?"라는
질문에는 도저히 잘 대답을 못 하겠더라고요. 그 질
문이 주는 무게감 때문일까요.

며칠 전, 형에게 연락이 왔습니다. 너무 미안한
데 1시간 정도만 아이를 봐줄 수 있냐는 부탁이었
습니다. 평소에 그런 부탁을 잘 안 하는 형이라 꽤
나 난감한 상황이란 것을 직감했고 흔쾌히 그러겠
다고 말했습니다.

시간이 되어 형을 보러 갔습니다. 그런데 아이 상태가 별로 좋지 않습니다. 아빠가 지금 내 곁을 떠나려 한다는 것과 일면식도 없는 삼촌과 꼼짝없이 시간을 보내야 한다는 걸 알아차린 걸까요. 차마 발길이 떨어지지 않지만, 어쩔 수 없습니다. 형의 눈빛이 애처롭습니다. 아이를 낯선 사람에게 맡긴다는 미안함이겠죠. 저는 그렇게 아이와 1시간을 보내게 됩니다.

그 전엔 육아에 대해 별생각이 없었어요. 사촌 누나 애기도 많은 이모들과 이모부들, 그리고 사촌 동생들이 돌아가며 봐줬으니까요. 그러니까 간접적인 육아는 제게 '선택'의 개념이었던 겁니다. 해도 되고 안 해도 되고.

그런데 며칠 전의 상황은 제게 선택이 아닌 필수였습니다. 제가 피한다고 피할 수 있는 상황이 아니었어요. 막중한 책임감이 어깨를 짓눌렀습니다. 각오하고 갔지만, 상황은 제가 생각한 것보다 심각했습니다. 코코몽도 보여주고 뽀로로도 보여주고 최선의 노력을 다 해봤지만 아이는 소리를 지르며 계속 울었어요.

30분 정도가 지났을까요, 그렇게 어르고 달래다 지친 저는 아이에게 "아빠 보고 싶지?"라고 물었습니다. 왜 그 질문을 했는지는 모르겠는데, 아이는 갑자기 눈물을 딱 그치고 '네!'라고 하며 제 쪽으로 손을 뻗었어요. 안아달라는 의미였습니다. 타이르고 달래는 것도 먹히지 않았는데, 자신의 마음을 헤아려줬다고 생각했나 봅니다. 아이가 제게 안겼을 때, '아, 이게 육아의 행복이구나.'라는 걸 느꼈습니다. 55분이 지옥 같아도 5분이 무엇보다 값지더라고요.

어린아이는 답답했을 겁니다. 아빠도 보고 싶고, 엄마도 보고 싶은데 옆에 처음 보는 삼촌은 도통 자신의 맘을 헤아려주지 않았으니까요. 하지만, 그 삼촌이 자신의 마음에 공감해주기 시작합니다. 그 순간 얼어붙었던 경계의 벽이 허물어진 것 같았어요. 마침 그때 아빠가 왔습니다.

"민창아, 너무 미안해. 많이 힘들었지." 형은 정말 미안한 표정으로 제게 말합니다. 저는 괜찮다고, 고맙다고 말했어요. 인생에서 느껴보지 못했던 소중함을 알게 해줘서 고맙다구요.

집에 가기 전에 아이가 뽀뽀를 해줬어요. 표현하진 않았지만 내심 자기 투정 받아준 제가 고마웠나 봅니다.

돌아보니 나만의 잣대로 누군가를 판단하고 훈계만 했지, 공감하려는 노력을 크게 하지 않았던 것 같습니다. 하지만 아이와의 에피소드로 인해 저 자신을 한 번 더 돌아보게 됐고 중요한 걸 깨달을 수 있었습니다. 상대방의 마음을 얻으려면, 상대방의 눈높이에 맞추는 노력이 필요하다는 것을요.

아이의 부모님은 제가 정말 좋아하는 사람들입니다. 참 선하고 깨끗한 부부예요. 아이도 그렇게 바르고 선한 어른으로 자라나길 진심으로 바라겠습니다.

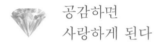

공감하면
사랑하게 된다

　어떤 개념을 나의 경험에 의존하거나, 국어사전에 있는 의미로 설명하는 건 정말 쉽습니다. 왜냐하면 그건 딱히 공감대를 형성할 필요가 없기 때문입니다. 하지만 상대방의 상황을 고려해 그들의 눈높이를 맞추고 얘기하는 건 참으로 어렵습니다. 그 사람의 성격, 직업, 살아온 환경 등을 모두 고려해야 하기 때문입니다.

　<건축학개론>이라는 영화가 있습니다. 이 영화의 주인공인 승민은 가슴 아픈 첫사랑의 추억을 간직한 채 건축가가 됐습니다. 그리고 그런 승민에게 15년 만에 서연이 찾아옵니다. 서연은 승민에게 제주도의 고향집을 헐고 새로 지어달라는 부탁을 하죠. 거절하던 승민은 마지못해 수락하게 되고, 승민에게 집을 어떻게 지을 건지 정말 생소한 건축 용어

들을 사용하며 설명합니다. 그 얘기를 듣던 서연은 그냥 알아듣게 얘기해달라고 해요. 그리고 승민은 '어, 그냥 거실 커튼을 올리면 바다가 보이는 집을 지을 거야.' 라고 했고, 서연은 그제야 입가에 미소를 머금습니다.

이 장면이 참 공감이 갔어요. 결국 대화의 본질은 우리가 비슷한 사람이라는 걸 느끼게 해주는 게 아닌가 싶습니다. 그러기 위해선 상대방의 말을 경청하고 적절한 공감대를 찾아야겠죠. 살다 보니 참 많은 사람들을 만나고, 다양한 주제로 대화를 할 기회가 많이 생깁니다. 그런데 그중에 제가 호감이 가는 사람들은 대부분 상대방을 이해하고, 그 사람의 눈높이에 맞춰 편안하게 대화를 이끌어가는 사람이었던 것 같아요.

어떤 책에서 '공감하면 사랑하게 된다.' 라는 구절을 봤던 기억이 납니다. 저도 여러분도 누군가에게 공감을 선물하고, 그 선물을 통해 행복한 관계를 이어가는 사람이 되기를 바랍니다.

부드럽고 깔끔한
커뮤니케이션 스킬 3단계

후배 직원이 당신이 지시한 일을 기한 내에 끝내지 못한 채 시간을 더 달라고 메일을 보냈다면 어떻게 말해야 좋을까?

한 방송 프로그램에서 보여준 채승훈 변호사의 태도에서 품격있는 대화의 방법을 배울 수 있었다.

1 가벼운 칭찬으로 긴장 완화시키기

　: ○○씨, 늦게까지 고생 많았어요. 갑자기 주어진 과제라 많이 당황하셨죠?

2 대화 나누고 싶은 주제를 간략히 정리하기

　: 8시쯤에 메일로 시간을 더 달라고 하셨었는데 이 부분에 대해 잠시 얘기드리려고 해요.

3 상황에 대한 객관적인 진단과 깔끔한 조언

 : 업무를 하다보면 기한을 넘길 때가 비일비재합니다. ○○씨도 지극히 정상적인 상황이지만, 이럴 때는 의사 전달 방법도 중요해요. 만약 늦는다면, 선배가 가까이 있는 경우에는 찾아가서 직접 뵙고 말씀을 드리는 게 좋고 멀리 있는 경우에는 전화로 사정을 설명한다면 좋겠죠. 오늘 고생했고, 얼른 퇴근해보세요.

호되게 꾸짖으면 잘못을 바로 잡아줄 수는 있겠지만 상대방은 상처입고 배려받지 못했다고 생각할 수 있다. 부드럽게 의사를 전달하면서도 앞으로 나아갈 길까지 제시해준다면 젠틀하고 우아한 상사가 될수 있을 것이다.

인간관계에서 반드시
알아야 할 두 가지

제가 사람을 볼 때, 다른 사람과 달리 그렇게 신경을 쓰지 않는 부분이 있는데요. 바로 함께 한 세월입니다. 아주 오랫동안 알고 지냈음에도 개인적인 애기조차 어색한 사람이 있는 반면에, 처음 만났음에도 불구하고, 따뜻한 커피가 식기도 전에 옷장에 처박혀있는 패딩 주머니 속 꾸깃꾸깃한 지폐까지 보여주고 싶은 사람이 있습니다.

왜 이런 걸까 참 생각을 많이 해봤는데요, 유유상종이라는 사자성어가 참 잘 어울리는 것 같습니다. 술을 마시며 사람들과 진솔한 애기를 하는 걸 좋아하는 사람들은 그런 사람들과 잘 어울리고, 커피를 마시며 책 읽는 걸 좋아하는 사람들은 또 그런 비슷한 사람들과 잘 맞더라고요. 반면 취미나 생각이 잘 맞지 않더라도 잘 어울리는 경우가 있습니다. 이런 경우는 대개 서로가 다른 부분을 '틀림'이 아닌 '다름'으로 받아들이는 경우더라고요. 여기서 중요한 2가지 포인트가 있는데요,

첫 번째는 존중입니다. 누구나 다른 사람에게 보여주고 싶지 않은 자신만의 비밀이 있습니다. 그럴 때, '야, 나 너한테 그 정도밖에 안 돼?'라며 섭섭함을 표출하기보다는, 상대방의 에어리어를 존중하는 것이 서로의 관계에 윤활유 역할을 하는 것 같습니다.

이게 참 힘듭니다. 연인이든, 친구든 내가 많이 좋아하면 상대방의 모든 것을 알고 싶거든요. 그럼에도 불구하고 상대방이 걷고 싶어 할 때 같이 걷고, 상대방이 뛰고 싶어 할 때 같이 뛰어주는. 즉, 상대방의 속도에 내 속도를 맞추는 것. 참 중요하지 않나 싶습니다. 내가 그렇게 할 때 상대방도 나의 속도를 존중하고 맞춰주는 경우가 대부분이었습니다.

그리고 두 번째는 기대입니다. 이런 경우가 있겠죠. '내가 이 정도나 했는데, 넌 이것밖에 안 해

줘?' 기대를 바라고 하는 선행은, 선행이 아니라고 생각합니다. 고마움은 강요하는 것이 아니라 상대방이 마음 깊이 느껴야 된다고 생각해요. 그렇기에 무언가를 바라고 상대방을 만나면 실망하는 경우가 많습니다. 만약 상대방이 내가 계속해서 호의를 베푸는데 그걸 잘 모르는 경우라면, 나와 잘 안 맞으니 안 만나면 됩니다.

사이즈가 맞지 않는 신발을 억지로 신고 다니면 발이 붓고 불편해, 아무리 예쁘고 화려하더라도 더 이상 신지 못합니다. 반대로 화려하지 않더라도 발에 잘 맞는 신발은 계속해서 신을 수 있습니다. 인간관계도 마찬가지인 거 같아요. 여러분이 함께 있을 때 편안한 사람, 그리고 나다울 수 있는 사람, 기대하지 않아도 늘 한가득 행복을 주는 사람들과 좋은 관계를 유지하시길 바랍니다.

만찐남이 되려면
필요한 것들

지인 중에 스피치코치로 유명한 이민호라는 분이 있습니다. (배우 이민호님은 아닙니다.) 페이스북 메시지로 우연히 만났는데 인연이 된 케이스입니다. 첫 만남에 오토바이 뒷좌석에 타며 몸을 부대꼈고, 신촌 근처에 있는 산울림이라는 막걸리집에서 막걸리를 종류별로 다 마셨습니다. 취해서 지하철 안에서 계속 졸아, 2호선만 한 시간 반을 탔던 기억이 납니다. 그 이후로도 자주 연락을 하며 스피치뿐만 아니라 인생을 대하는 태도를 배우고 있습니다. 남자한테는 사랑한다고 말하기가 쑥스러웠는데, 이 형님 덕분에 사랑한다는 말을 주변 지인들에게 자주하고 있습니다.

민호 형에게는 눈에 넣어도 아프지 않을 참 사랑스러운 딸 라온이가 있습니다. 형수님도 실제로 뵌 적이 있는데 정말 아름다운 분이십니다. 이 가족을 보고 있으면 저도 모르게 입가에 미소가 지어집니다. 30대의 젊은 나이에 제이라이프스쿨이라는 학원의 대표를 맡고 있고, 정상급의 스피치 실력을 갖고 있으며 얼굴도 잘생겼고 키도 큽니다. 요즘 말로 하면 만찢남(만화책을 찢고 나온 남자)이죠.

아쉬울 거 하나 없어 보이는 이 형님에게 처음 만났을 때 이런 질문을 했던 기억이 납니다.

'아, 강사님은 진짜 완벽하신 것 같아요. 강사님처럼 살면 인생이 진짜 행복할 거 같아요.'

그러자 민호 형이 웃으며 저에게 이렇게 얘기하셨어요.

'사실, 라온이가 아토피가 있어요. 그래서 관리를 많이 해줘야 한답니다.'

아, 누구에게나 걱정거리는 있구나라는 생각이 들었고 뭔가 안타까운 마음을 가지려는 찰나에 민호 형이 웃으며 말을 이어갔습니다.

'그래도 참 행복해요. 라온이가 아토피가 있는 덕분에 공기 좋고 조용한 교외로 나갈 기회가 많거든요. 그렇게 가족끼리 자연도 보고 바람도 쐬는 행복함을 느낄 수 있는 게 라온이 덕분이죠. 그래서

참 감사해요.'

그 말을 듣고 민호형이 성공할 수 있었던 이유는 잘생긴 외모도 훤칠한 키도, 화려한 스피치실력도 아닌 어떤 상황에 처해있더라도 긍정적으로 생각하고 그 상황에서 배울 점을 찾는 마인드라는 생각이 들었습니다.

<잃어버린 시간을 찾아서>라는 책 아시나요? '진정한 탐험은 새로운 땅을 찾는 게 아니라 새로운 시야를 갖는 것이다.' 라는 명언을 남긴 프랑스 소설가 마르셀 프루스트의 소설인데요, 제목이 왜 <잃어버린 시간을 찾아서>일까를 생각해 본 적이 있습니다. 그렇게 제목을 곱씹은 뒤 나온 저만의 결론은, 아마도 내가 사는 지금을 아무것도 아니라고 치부하며 나의 시간을 잃어버리고 있기 때문이 아닐까 하는 생각이 들었습니다.

휴가 때는 꼭 내가 살고 있는 지역을 떠나 머리색, 피부색이 다른 사람들과 맥주를 마시고 유명한 관광지에서 사진을 찍어야만 한다고 생각하거나, 마음에 드는 사람에게 호감을 표현하기 위해선 반드시 뷰가 좋은 청담동 식당에서 오마카세를 먹어

야 한다고 생각하는 경우가 있겠죠.

그런데 생각해보면 휴가 때 집 근처 공원을 걸으며 평소엔 보지 못했던 아름다운 경치를 느낄 수 있고, 신라면에 참치마요맛 삼각김밥을 먹으면서도 충분히 행복한 사랑을 할 수 있지 않나 싶습니다. 저도 부족하기에 별거 아닌 거에도 화를 내고 짜증을 부릴 때가 많습니다. 그래도 그럴 때마다 '아, 이러면 나한테 좋을 게 없지.' 라는 머릿속 방어기제가 작동을 하더라고요. 주변에 좋은 사람들 덕분에 저도 참 많이 변한 것 같습니다. 그렇기에 제가 쓰는 이 글도 누군가에게 소소한 행복이 되었으면 좋겠다는 마음으로 써 내려갑니다.

모두가 서로 사랑하고 보듬어주며 그렇게 살면 참 행복하겠다는 생각이 드는 하루입니다.

왕관을 쓰려는 자
그 무게를 견뎌라

왕관을 쓰려는 자, 그 무게를 견뎌라.라는 명언 아시나요? 어디선가 한 번씩 들어보셨을 거 같습니다. 이 왕관의 의미는 되게 다양하게 해석할 수 있을 거 같은데요, 누군가에게는 돈이 될 수도, 누군가에게는 명예가 될 수도, 누군가에게는 인간관계가 될 수도 있을 것 같습니다. 궁극적으로 이 문장에서 저는 '책임'이라는 키워드가 와 닿았습니다. 무게라는 것은 자신의 그릇을 의미하기도 하겠지만 수많은 비판과 비난도 포함하는 것이라고 생각합니다.

끊임없이 발전하고 성장하는 사람들은 비난과 비판을 받을 수밖에 없습니다. A라는 사람이 1의 그룹에서 1 위주의 대화를 하다가, 2로 성장하면 2 위주의 대화를 하게 됩니다. 그럼 자연히 2의 그룹

을 찾게 됩니다. 1의 그룹에서는 2의 대화를 받아
주기 힘들기 때문입니다. 그렇게 10까지 성장했다
고 가정하면, 1-9까지의 그룹 사람들 중 물론 A를
응원하는 사람도 있겠지만, 비난하거나 비판하는
사람도 분명 생길 거예요. 그 과정에서 필연적으로
'변했다, 예전 같지 않다.'라는 말을 듣게 됩니다.

이런 부분은 어쩔 수 없는 숙명이겠거니 했었는
데, 성훈이라는 동생을 보며 다시 생각하게 됐습니
다. 인스타그램에서 리딩널스로 활동하는 성훈이라
는 동생이 있습니다. 남자 간호사이고, 간호사 공감
툰을 만들며 지금은 간호 관련 스타트업을 준비 중
입니다. 작년 4월에 전라도 광주에서 강연이 있어
내려갔을 때 우연히 친구의 지인으로 알게 된 동생
입니다.

성훈이는 남자 간호사로서의 생활과 어떻게 특
별하게 자신만의 브랜딩을 할 수 있을지 고민하는
중이었습니다. 간단하게 이런 식으로 했으면 좋겠
다라고 조언을 해줬는데 그렇게 꾸준히 1년을 하더
니 어느새 간호 분야 인스타그램에서 개인계정으로
는 손가락 안에 꼽히는 유명인이 됐습니다. 그러면

서 강연회도 주최하고, 다양한 활동을 하며 많은 사람과 소통하고 있습니다.

그런데 저는 그런 과정 중에 참 많이 삐그덕댔고 다쳤었습니다. 세상엔 저와 다른 사람들이 너무 많다는 걸 느꼈는데, 그때는 그 다름을 다름으로 인정하지 않고 틀림으로 받아들였던 것 같습니다. 정당한 비판에도 눈을 가리고 귀를 막았던 것 같아요. 갖고 있던 어느 정도 중심을 잡는 데 참 오랜 시간이 걸렸습니다.

하지만 성훈이는 저보다 훨씬 지혜로웠습니다. 문제가 생기면, 감정적으로 대처하기보다 각자의 입장을 이성적으로 얘기하고 최선책을 찾았습니다. 짜증나는 상황, 난처한 상황에서도 항상 웃으며 사람들을 포용하려 했습니다. 그래서일까요, 성훈이가 굳이 리더를 하려 하지 않아도 주변에서 성훈이를 리더로 치켜세워줬고, 성훈이를 싫어하는 사람을 한 번도 본 적이 없는 것 같습니다.

10으로 가는 과정에서 거만해지고 초심을 잃을 수도 있지만, 1-9까지의 인연들과 과정들을 소중하게 여기고 챙기는 모습에 이 친구는 잘될 수밖에 없겠다는 생각이 들었습니다.

성훈이는 참 무거운 친구입니다. 쓸 왕관을 찾지 못했을 뿐이지, 찾기만 한다면 누구보다도 왕관이 잘 어울릴 그런 친구였던 거 같습니다. 목표를 향해 꾸준히, 그리고 올바르게 달려가는 성훈이를 보며 저도 항상 많이 배우고 느낍니다.

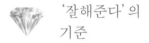 '잘해준다'의
기준

최근에 친한 동생에게 글 잘 보고 있다고, 혹시 시간 되면 커피 한잔할 수 있냐고 연락이 왔습니다. 먼저 약속을 잡지 않는 친구라 무슨 일이 있겠거니 짐작은 했지만, 티는 내지 않았습니다. 그리고 그 친구를 며칠 뒤 만났습니다.

"형, 안녕하세요!"

아무렇지 않은 척 제게 웃으며 인사했지만, 동생의 표정이 어딘가 모르게 어두워 보였습니다. 누가 봐도 고민이 있는 것 같았어요.

"형, 근데 제가 사실 고민이 있는데요. 형이라면 해결책을 주실 거 같아서요."

들어보니 동생은 인간관계에서 알게 모르게 스트레스를 받고 있었고, 더 자세히는 자신의 직장 후배와의 관계였던 것 같습니다.

"후배한테 제가 되게 잘해주는데 후배는 생각보

다 절 멀리하는 거 같아서 실망스럽고 섭섭해요."

그러면서 최근에 있었던 후배와의 에피소드를 저한테 얘기했습니다. 밥 먹자고 했는데 피곤하다고 집에서 쉰다더라. 그런데 알고 보니 나 말고 다른 사람들하고 밥 먹고 술 한잔했더라. 동생의 마음도 이해가 갔고, 그 후배의 마음도 이해가 갔습니다. 그 말을 듣고 동생에게 이렇게 물어봤습니다.

"네가 후배한테 잘해준다고 했잖아. 근데 잘해주는 게 누구의 기준인 거야?"

동생이 갑자기 엄청 당황하며 말을 더듬습니다. 그냥 밥도 잘 사주고 잘 챙겨주고 그런다고, 그게 잘해주는 거 아니냐고 합니다.

잘해준다는 개념은 철저히 상대방의 기준에서 고려해야 되는 문제입니다. 후배가 개인주의적인 성향이라면, 선배가 밥 사주고 챙겨주는 것도 귀찮을 겁니다.

"아니, 내 개인적인 시간을 좀 존중해주면 좋겠는데, 왜 계속 귀찮게 하는 거야?"

이런 성향의 후배에게는 이리저리 마음을 쓰기보다는 최소한의 필요한 것만 해주면 됩니다. 이게 후배가 느끼기에는 배려이고 잘해주는 게 되는 겁니다. 그리고 그런 성향의 사람들은, 그러면서 서서히 닫혀 있던 마음을 열게 되더라고요.

제 얘기를 한참 듣고 있던 동생은 고개를 끄덕입니다. 한 번도 후배의 감정에 대해서는 생각해본 적이 없다고, 그저 후배에게 해준 것만 생각하고 혼자 섭섭해 한 것 같다고 합니다. 그러면서 솔직한 감정을 후배에게 털어놓고, 진심으로 미안하다고 사과할 거라고 하네요.

"에이, 그냥 장난인데요."
"저는 잘해주는데요, 계속 저를 피하는 거 같아 섭섭해요."
'잘해준다'라는 개념과 '장난'이라는 개념은 철저히 상대방의 입장에서 생각해야 하는 문제입니다. 상대방이 그렇게 느끼지 않는다면, 상대방을 대하는 방식을 바꿔야 합니다. 당연하다고 여겨지는 것들을 당연하다고 여기지 않는 데서부터 관계는 시작됩니다.

자존감이 낮은 이유

자존감이 낮다고 생각하는 사람들은 자존감이 재능이라고 생각하는 경우가 많다. 유복한 집안, 화목한 가정, 실패하지 않는 완벽한 선택들, 준수한 외모 등을 가지고 태어난 사람들만이 높은 자존감을 가질 수 있다고 믿는다. 그래서 자신이 자존감이 낮은 이유를 '세상의 불공평함'에서 찾는다.

하지만 그 능력들을 다 타고난 어마어마한 행운을 가진, 선택받은 사람들이 과연 몇이나 될까?

자존감을 높인 사람들은 트라우마가 있더라도 그것을 이겨내고 다른 부분으로 그 결핍을 채우려고 행동한다. 행동함으로써 자존감을 조금씩 확보해나간다.

그 괴로운 과정을 견뎌내며 서서히 단단한 자아를 형성한 사람들을 인정하지 못한 채 그것을 '타고난 행운 덕'으로 쉽게 돌리는 것은, 자존감 회복을 위한 노력조차 하지 않는 자기 자신의 모습을 회피하려는 아쉬운 태도가 아닐까?

자존감이란 '넌 그 모습 그대로 소중해.' '날 사랑해.' 같은 일차원적인 자기암시로 얻어지는 것도 아니고, 남들과의 비교 속에 '객관적인 우위'를 선점한다고 해서 생기는 것도 아니다.

자존감은 내 부족한 모습을 그대로 바라보며, 좋은 점을 극대화하려는 열정적인 에너지 속에 천천히 형성되는 것이다. 타고난 것이나 주변 환경의 영향을 100% 받지 않을 순 없겠지만, 그것들보다 나 자신을 제대로 아는 것, 그리고 그 관계에 있어 노력을 꾸준히 해나가는 것이 건강한 자존감을 만들어가는 법이다.

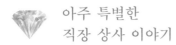

굉장히 친한 직장 선배 C가 있습니다. 제 사수인데요, 나이 차가 10살 가까이 나고 그만큼 근무 연수도 많이 차이 납니다.

"야, 내 사수분은 진짜 좋아. 너희 사수분들도 너희한테 다 잘해주지 않아?"

제 주변에도 직장인이 많아서 그런지 술 한 잔씩 하며 사수 얘기를 하곤 하는데, 제가 저렇게 말을 하면, 다들 엄청나게 부러운 표정으로 저를 쳐다봐요. 그러면서 "너 진짜 복 받은 거야."라고 말하곤 합니다. 그만큼 마음 맞고 좋은 사수를 만나기가 힘들다는 반증도 될 것 같네요.

예전에, 서울 인근으로 근무지를 좀 변경하고 싶어서 고민하고 있었습니다. 사실 모든 직장이 그렇겠지만 근무지를 변경한다는 게, 생각처럼 금방 진행되지는 않습니다. 제 부재로 인해 당장 타격을 받을 사수에게 말씀을 드려야 하고, 그 위로 결재를 받아 최종승인이 나야 하겠죠.

참 좋은 분이지만, 쉽게 말이 나오지 않았습니다. 선배에게 죄송하기도 하고, 원망을 받지는 않을까 두렵기도 했어요. 그런데 그런 제 감정이 C에게 전달된 것인지 선배가 제게 먼저 말을 걸어왔습니다.

"민창아, 잠 오지? 바람도 쐴 겸 커피 한잔하러 잠시 나갈까?"

아무 말 없이 밖에서 커피를 마셨습니다. 그러자 마음이 조금은 편안해졌어요. 그리고 그 기회에 C에게 제 고민을 이야기했습니다. 저의 말을 가만히 듣고 있던 C는 제게 이렇게 얘기했습니다.

"민창아, 나는 전혀 신경 쓰지 말고 네 마음이 이끄는 대로 결정했으면 좋겠어."

그 말을 듣고 제가 도리어 큰 소리를 냈습니다.

"어떻게 신경을 안 써요. 당분간 후임 자리가 공석이 되면 선배가 제 몫까지 일을 하셔야 되는데…."

그러자 그 선배가 그러더라고요.

"너 일 별로 없잖아. 이 꿀쟁아. 아 다행이다. 후배 눈치 보느라 매일 일하는 척했는데 나도 이제 눈치 안 보고 놀아야지. 너 가면."

본인의 업무가 많아지고 직접적으로 피해가 오는 상황에서도 후배가 미안해할까 봐 저렇게 장난을 치는 모습을 보고, 내가 정말 엄청난 그릇을 가진 사람과 함께 하고 있었구나, 그러니 나 같은 모나고 뾰족한 가시덤불도 기꺼이 담았구나.라는 생각이 들었습니다.

하지만 일이 쉽지는 않았고, 결국 저는 근무지를 변경하지 못했습니다.

"선배, 난리 쳐서 미안해요. 열심히 할게요."

그러자 C가 이렇게 얘기했습니다.

"네가 만약 서울로 갔으면, 발전할 수 있는 기회에 내가 조금이나마 도움이 될 수 있어서 행복하다고 생각했을 거야. 근데 지금은 너라는 좋은 후배와 계속 함께 일할 수 있어서 참 행복하다는 생각이 드네."

이렇게 공감하고 존중하며 상대를 건강하게 자극하는 말에서 좋은 관계가 싹트는 거 같습니다.

C라는 선배는 쓰레기가 있으면, "야 이거 치워."
라고 지시하는 사람이 아니라 조용히 본인이 주워
서 쓰레기통에 넣는 사람이에요. 저도 그렇게 누군
가에게 마음 깊숙이 존중받을 수 있는 따뜻한 사람
이 되고 싶다는 생각을 합니다.

틀린 게 아니라
다른 거예요

동진이라는 친구가 있습니다. 동진이를 보면 참 잘 만들어진 함선 같다는 생각이 듭니다. 비행기처럼 화려하거나 고속열차처럼 속도감이 느껴지지는 않지만, 항상 목적지에 성공적으로 도착해요. 누구와 있든, 어떤 환경이든 결국 계획한 곳에 도달하는 친구입니다.

저는 몇 년 전만 하더라도 소심한 성향은 틀렸다고 생각했습니다. '나도 소심했지만 지금은 이렇게 사람들과 말도 잘 섞고 대범하게 살지 않냐. 날 봐라 동진아. 이렇게 되고 싶지 않아?' 직접적으로 말은 하지 않았지만, 제가 동진이를 응시하는 눈빛, 생각 없이 토해내는 말투에서 분명 동진이는 그걸 느꼈을 겁니다.

지금 돌아보면 참 부끄럽습니다. 소심한 사람은 소심한 사람만의 세심함과 통찰력이 있거든요. 돌다리도 두들겨보고 건너는 성격이기에 실패할 확률도 낮습니다. 소심함과 대범함은 물과 기름 같은 존재라기보다 악어와 악어새처럼 서로의 가려운 점을 긁어주는 화합의 존재입니다. 대범한 사람은 푸르른 하늘을 본다면, 소심한 사람들은 푸르게 보이는 하늘의 이면에 칠흑 같은 어둠도 있다는 것을 느끼죠.

중요한 건 서로가 다르다는 걸 인정하는 배려입니다. 배려가 없는 사람들은 성급하고 눈치가 없으며 경솔할 때가 많습니다. 자신의 행동이 타인에겐 불편이 될 수도 있다는 걸 모르는 경우가 많고 내가 아는 것을 상대도 당연히 알고 있을 거라고 생각합니다. 상황의 맥락을 파악하기보다 내가 받은 손해에만 집중합니다. 푸른 하늘이었던 주변이 그로 인해 칠흑 같은 어둠으로 물들고 있어도 정작 본인은 모릅니다.

반면 배려가 있는 사람들은 현명합니다. 위기엔 지혜로, 쾌락엔 절제로, 관계엔 존중으로 삶에 대한 일관적인 태도를 보입니다. 일상의 사소한 기쁨이 가지는 가치를 중시합니다. 이런 사람들과 시간을 보내면 나 역시 가치 있는 존재가 되어갑니다. 배려를 말로 설명하는 것이 아닌, 행동으로 직접 느끼게 해줍니다.

최근에 동진이에게 연락을 했습니다. 1년 전에 취득하려고 계획한 자격증을 이미 취득하고 다른 자격증을 준비하고 있다고 합니다. 조용하지만 묵묵히 자신의 길을 걸어가고 있었습니다. 서로가 살아온 이야기와 살아갈 이야기들을 서로의 감정 속에 한 땀 한 땀 정성스레 땋았습니다. 통화가 끝난 후, 머릿속 푸른 하늘에 배려라는 청명한 구름이 떠 있습니다. 아마도 동진이가 띄워준 것 같습니다.

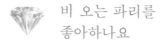

비 오는 파리를
좋아하나요

OST로 유명한 <미드나잇 인 파리>라는 영화는 '시간 여행'을 다루고 있습니다. 약혼녀와 함께 파리로 여행을 온 '길'이라는 작가는 혼자 걷다 길을 잃습니다. '길'은 우연히 아주 오래된 푸조 자동차에 오르게 되고 거기서 젤다와 스콧 피츠제럴드 부부를 만납니다. 그들을 따라간 선술집에는 어니스트 헤밍웨이가 술을 마시고 있어요. <위대한 개츠비>, <노인과 바다>는 읽어보지 않으셨어도 한 번쯤 들어보셨을 겁니다. 워낙 유명한 소설이니까요. 그러니까 '길'은 우리가 TV에서만 보던 동경의 대상을 직접 만난 거예요. 그 과정 중에 피카소의 연인인 아드리아나에게 빠져버립니다.

사실 처음엔 이 영화가 시간여행에 대한 환상과 동경을 다루고 있지 않나하는 생각을 했었는데,

3번 정도 본 뒤에는 생각이 좀 달라졌습니다. 길의 약혼녀인 이네즈는 길의 몽상가적 기질을 비판하고 무시합니다. 그를 틀렸다고 단정하죠. 낮의 연애입니다. 하지만 밤에 만난 아드리아나는 길이 하고자 하는 일, 그리고 하고 싶어 하는 일들에 대해 귀 담아 들어주고 대단하다고 말해줍니다. 의도적으로 이 부분을 대비시킨 것 같습니다. 결국 아드리아나와 '길'은 이어지지 못합니다만, 마찬가지로 이네즈와 '길'도 이어지지 못합니다.

이네즈와 헤어진 길은 세느강의 다리 위에서, 며칠 전 이네즈와 데이트를 하며 잠깐 들렀던, 그러나 강렬한 인상을 남겼던 LP판을 파는 상점에서 근무하던 가브리엘을 우연히 만납니다. 그리고 그녀와 대화를 나누는 순간 비가 내려요. 여기서 결정적인 포인트가 하나 더 있는데요. 비가 내리는 파리를 좋아하는 '길'을 이해하지 못했던 이네즈와 달리, 비가 오네요. 라고 말하는 '길'에게, 가브리엘은 "비가 올 때 파리는 가장 아름답죠."라고 말합니다.

내가 좋아하는 것을 자신이 먼저 좋다고 말해주는 이성을 만나는 순간, 그 순간이 인생 최고의 하이라이트 필름이 되지 않나 싶습니다. 이네즈가 틀린 것도 아니고, '길'이 맞다는 것도 아닙니다. 다만 이 영화를 보고 나서 느낀 것은, 무엇보다 나와 잘 맞는 상대를 만나야겠다는 것입니다.

겨울 바다를 보며 서로의 어깨에 말없이 기댈 수 있는, 힘든 상황이 오더라도 '지금까지 해왔던 것처럼 이겨내요.'라고 웃으며 말해줄 수 있는 그런 사람이요.

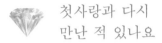

첫사랑과 다시
만난 적 있나요

엄마가 정성스레 발라주신 무스로 머리에 한껏 힘을 주고, 검은색 나비넥타이로 멋을 냈던 초등학교 1학년 때 전 처음으로 심장이 요동치고, 많은 공간에서 단 한 사람만 보이는 경험을 하게 됩니다. 그리고 그때의 기억은 지금까지도 생생해요. 20년이 넘은 지금도 그 친구의 이메일 주소가 또렷이 기억나니까요.

첫사랑의 기준이 사람마다 다르겠지만, 저는 그때가 첫사랑이었던 것 같습니다. 사랑에 서툴렀던 그 시절, 좋아한다는 표현 대신 짓궂은 장난만 쳤고, 그 장난에 분해 눈물 흘리던 그 친구를 보며 미안하다는 말도 제대로 못 했습니다. 결국 그렇게 마음을 고백하지 못한 채 초등학교를 졸업하게 됐고, 21살 때가 돼서 나간 초등학교 동창회에서 친했던 친구에게 그녀의 소식을 듣게 됩니다.

　명문대 영어영문학과에 다니며 아나운서를 준비하고 있다는, 그 시절 제가 좋아했던 그 모습 그대로 여전히 똑똑하고 당차게 살고 있을 그녀의 모습이 머릿속에 그려졌습니다. 어렵사리 그녀의 연락처를 수소문해서 문자를 보내기까지 굉장히 오랜 시간이 걸렸던 거 같아요.

　'장난기 많던 그 시절처럼, 가볍게 문자를 보내야 할까? 아니면 8년의 세월을 허투루 보낸 게 아니라는 걸 보여주기 위해 어른스레 문자를 보내야 할까?'

　그렇게 어렵사리 문자를 보냈고, 몇 시간 뒤 온 그녀의 문자는 생각보다 너무 따뜻했습니다. 피곤한 줄도 모르고 밤새 침대에 누워 문자를 주고받았던 것 같습니다. 그리고 주말 저녁, 강남역 근처에서 얼굴을 보기로 했죠. 짧은 머리를 왼쪽으로도 넘겨보고, 오른쪽으로도 넘겨보며, 8년의 시간 동안 장난기 많던 소년이 매력적인 남자로 성장했다는 걸 증명하고 싶었습니다.

　그렇게 대망의 약속 날, 저는 그녀와 강남역 12

번 출구에서 만났고 굉장히 많은 실망을 했습니다.

"야 민창아 반갑다. 술 마시러 갈래?"

지금 생각하면 참 부끄럽고 바보 같지만, 제 머릿속의 그녀는 술은커녕, 여전히 순수하고 풋풋한 초등학교 1학년 때의 모습에 머물러 있었기 때문이에요. 뭐가 그리 불만이었는지, 그 자리에서 "아니, 난 괜찮아. 그냥 밥이나 먹자."라고 퉁명스레 말을 뱉었습니다. 그리고 그녀도 저의 부정적인 분위기를 감지했는지, 반가움의 감정을 얼굴에서 지워버렸습니다. 그날 식당의 분위기는 떠들썩했지만, 그녀와 제가 앉은 테이블만 조용했던 기억이 납니다. 그 후로 '첫사랑은 아름다운 기억으로만 남기는 게 좋아.'라는 말을 틈만 나면 주변에 하고 다녔습니다. 내가 그 증거라고. 보면 실망만 할 거라고 말이죠.

그렇게 9년이 지났습니다. 오늘 창현이라는 동생과 첫사랑 얘기가 나왔고 오래간만에 그 친구를 떠올렸습니다. 그리고 그때 제가 했던 행동들에 대해 웃으며 창현이에게 얘기했죠. 그러자 창현이도 첫사랑과 2주 만에 헤어졌던 기억이 난다며 웃었습니다. 서로 한참을 웃다 조용해졌어요. 아마 둘 다 다시 한 번 첫사랑을 떠올리지 않았나 싶습니다.

정말 오랜만에 그 친구의 SNS를 들어가 봤습니다. 8년 전, 약간이나마 남아있던 풋풋함은 사라지고, 완연한 30대의 성숙미가 돋보입니다. 아나운서가 아니라, 영상 관련 스타트업에 종사하고 있는 거 같습니다. 여전히 글을 잘 쓰고 미소가 예쁩니다.

'고마워'라고 조용히 되뇌었습니다. 그 친구를 좋아했던 그 시절의 제가 좋습니다. 그리고 아름다운 첫사랑의 추억을 마음 깊숙이 아로새겨 준 그 친구에게도 고맙습니다.

따뜻한 말들의
공통적인 힘

'도움이 필요하면 언제든 말해.', '네가 필요하다면
어디든 갈게.', '우린 가족이나 마찬가지잖아. 편하
게 도와달라고 해.'
이런 따뜻한 말들이 공통적으로 가진 힘이 있다.

1 어려운 상황을 이겨낼 힘을 가질 수 있게
　해준다는 것

2 상대방의 마음에 소중하고 진실된 사람으로
　기억될 수 있다는 것

3 실제로 도와주지 않고, 그 상황이 이루어지지
　않더라도 상대는 감사함과 행복을 느낀다는 것

저렇게 말하고 실제로 도와주지 못했더라도 괜찮다. 실제로 가족처럼 모든걸 공유하며 지내지 않더라도 괜찮다. 중요한 건 긍정적이고 따뜻한 말이 듣는 이에게 행복을 줬다는 것이다.

예쁜 말 한 마디, 위로의 말 한 마디를 주변 사람들에게 건네며 그들의 상처를 보듬어 보는건 어떨까. 그 위로들이 언젠가 나에게도 힘이 되어 따뜻하게 돌아오게 되리라 믿는다.

첫눈에 반한다는
말을 믿나요

3초의 법칙이 있습니다. 말 그대로 사랑에 빠지는 시간이 3초라는 건데요. 이 3초의 법칙은 사실 보여지는 면, 즉 외모가 전부입니다. 그리고 외모가 뛰어난 상대방에게 반하는 것은 인간의 본능입니다. 그렇기에 저도 이 3초의 법칙에 의거해 이성을 만났던 적이 있었어요. '이 사람을 내 여자친구로 만들고 싶다.' 라는 본능에 의거해 불도저처럼 밀어붙여, 부끄러운 경험들도 많이 했지만 그렇게 해서 만나게 된 경우도 있었습니다. 그런데 이 경우에 한 달 정도는 참 행복한데 그 한 달이 지나고 힘들거나 지치는 경우가 많았던 거 같습니다. 그런 일련의 경험들을 통해 이성을 보는 기준에서도 약간의 여유를 갖게 되었습니다.

여행 좋아하시나요? 저도 가끔씩 하는 여행은

참 좋아합니다. 낯선 곳에 가서 낯선 풍경, 새로운 사람들과 함께 어울리는 것. 잠자리가 불편하더라도 그것조차 여행의 묘미로 느껴집니다. 그런데 시간이 지나면 몸이 찌뿌둥하고, 갖고 온 옷에서도 냄새가 나는 것 같고, 잠자리도 불편해지더라고요. 집이 생각납니다. 그렇게 집에 가서 밀린 빨래를 돌리고 씻고 침대에 누워있으면 참 행복합니다. 집은 다이나믹하지는 않지만 익숙하고 편안해요.

우스갯소리지만, 남자들의 이상형은 '처음 보는 여자'라고들 합니다. 그만큼 새로움을 좋아한다는 말이겠죠. 저도 가끔씩 카페에 앉아있다 보면 계속 눈길이 갈 정도로 아름다운 사람이나, 어떤 모임에서 우연히 만났는데 인연을 만들고 싶을 만큼 매력적인 이성이 있습니다. 여행을 하고 싶어지는 거죠. 예전 같았으면 먼저 호감을 얻기 위해 노력했을 테지만, 외모만 봤다가 끝이 안 좋게 끝난 경험들을 통해 이제는 마음의 여유를 가지려 노력합니다.

'먼저 대화를 나눠보고, 그 사람이 하는 행동들을 천천히 보자.'
이를테면 식당에서 종업원에게 하는 행동이나

자주 쓰는 단어들이 긍정적인지, 그리고 인생을 대하는 태도나 가치관의 진중함 같은 것들이 되겠죠. 대화를 해보면 그 사람의 생각을 어느 정도는 알 수 있으니까요.

도파민과 세로토닌의 본능에 몸을 맡기는 것이 아니라 이성적으로 생각할 수 있는 여유를 갖는 편입니다. 3초 만에 반하더라도, 3주를 꾸준히 지켜보려고 노력합니다. 이렇게 만난 사람들은 대개 저에게 집 같은 편안함을 줬던 것 같습니다. 그리고 이런 사람들은 가끔 함께 여행을 떠날 수 있는 마음의 여유도 가지고 있는 경우가 많았어요. 서로에게 플러스가 되는 건강한 만남을 할 수가 있었습니다. 설령 헤어지더라도 저주를 퍼붓고 악담을 하는 게 아니라, 진심으로 고마웠다고 네 덕분에 나도 참 많이 변할 수 있었다고 얘기하며 그 사람의 앞날을 축복해주고 응원해줄 수 있는 그런 사랑이요.

주변에 3초의 본능에 이끌리는 친구들이 SOS를 요청할 때면 제가 늘 하는 말이 있습니다.

"가볍게 시작하는 건 너의 선택이지만, 그 선택에 따른 책임도 네가 지는 거야. 그러니 일단 만나

보되 마음의 여유를 잃지 않았으면 좋겠어."라고 말입니다.

여러분이 함께 있을 때 설레기도 하지만 무엇보다 편안하고 행복한 집 같은 사람을 만나시길, 그리고 이미 연애하고 계신 분들이라면 여러분 옆에 함께 하는 분이 그런 사람이시기를 바라겠습니다.

꿈과 사랑
당신의 선택은?

실없는 농담에도 초여름 햇살처럼 밝게 웃어주던 친구가, 어두운 표정으로 저에게 헤어졌다고 말했습니다. 함께 있을 때 참 행복해 보였고, 아름다운 미래를 그려갈 거라 믿어 의심치 않았는데 말입니다. 이런 상황에서는 캐묻지 않고 들어주는 게 예의라고 생각해서 별 반응을 하지 않는 편입니다만, 이 친구의 이별을 직접 맞닥뜨리니 '왜?'라는 말이 저도 모르게 튀어나왔습니다.

지속적인 학업에 대한 욕심이 있던 여자친구는 유학을 결심했고, 이 친구도 20대 초반의 무조건적인 사랑처럼 "가지 마, 나랑 있어. 너 없으면 안 될 것 같아."라고 섣불리 말할 수 없었다고 합니다. 아무렇게나 내뱉은 말의 무게가 행여나 여자친구의 미래를 짓누를까 봐 그랬겠죠. 이해가 되면서도 참 아팠습니다. 아팠다는 표현이 맞는 것 같습니다. 저도 비슷한 경험을 해본 적이 있어서 감정이입이 된 거 같기도 했고요.

<라라랜드>라는 영화가 있습니다. 이 영화는 꿈을 좇는 남녀가 사랑과 꿈 사이에서 고뇌하다, 더 나은 미래를 위해 사랑을 포기하고 꿈을 선택하는 과정을 그린 영화입니다. 미아는 배우를 꿈꾸며 세바스찬의 조언대로 일인극을 준비하지만 결국 실패합니다. 세바스찬은 재즈 바를 꿈꾸며 사람들이 재즈를 좋아하길 바라지만 차가운 현실에 굴복하여 현실적인 밴드의 키보드 연주자로 들어갑니다. 결국 꿈은 무너지는가 싶더니 이내 둘에게 기회가 찾아옵니다. 그 기회를 잡기 위해서는 자연스레 관계가 멀어지게 될 수밖에 없는 상황이 옵니다. 모든 것을 다 손에 넣을 수는 없었습니다. 결국 둘은 꿈을 선택하게 됩니다.

5년 후, 둘은 서로 다른 위치에서 꿈을 이룬 모습으로 만나게 됩니다. 미아는 정상급 배우이자 누군가의 엄마, 그리고 아내로, 세바는 재즈 클럽 사장으로 말입니다. 세바는 곡을 연주하면서 미아와

의 과거를 자신의 방식대로 상상하게 되고, 연주가 끝난 뒤 둘은 깊은 눈인사를 나눕니다.

세바스찬과 미아는 꿈을 이뤄서 행복했을까요, 아니면 이루지 못한 뜨거운 사랑에 대한 미련에 가슴 아팠을까요? 전 전자라고 생각합니다. 뜨거운 사랑을 했기에, 오래도록 바라왔던 꿈을 이룰 수 있는 기회가 찾아왔고, 그 기회를 놓치지 않았기에 당당한 모습으로 서로를 마주 볼 수 있지 않았을까 싶습니다.

가끔 연락처에 등록된 사람들의 카카오톡 프로필 사진을 훑어보는 버릇이 있습니다. 최근에 그 친구의 대화명이 바뀌었더군요. 실연의 아픔을 잊고 꿈을 향해 한 걸음 한 걸음 다가가고 있는 것 같습니다. 그 친구의 전 연인도 마찬가지겠죠.

시간이 흘러, 서로에 대한 감정이 어느 정도 정리되고 각자의 꿈을 어느 정도 이뤘을 때, 우연히 그들이 만났으면 좋겠습니다. 서로의 성숙함에 놀라고, 첫 데이트 때 구멍 난 발목 양말이 귀여웠다, 그래서 생일 선물로 양말을 10켤레씩이나 사줬었

잖아 같은 옛이야기들을 웃으며 나눌 수 있는, 서로
의 미래를 진심으로 축복할 수 있는 그런 사이가 됐
으면 좋겠네요.

Chapter 3

당신의 삶을
응원할게요

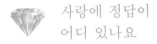

사랑에 정답이
어디 있나요

이런 질문을 하시는 분들이 많이 있습니다.

"제가 좋아하는 사람을 만나야 할까요, 저를 좋아하는 사람을 만나야 할까요?"

당신은 혹시 이상형에 흡사한 연인을 만난 적있나요? 아닌 경우가 더 많을 거예요. 첫눈에 반해사귀기보다는 자연스럽게 대화하고 서로의 감정을공유하다 보니 어느새 연인이 된 경우도 있을 겁니다.

"나는 이런 사람 만날 거야."라고 딱 정해놓고그 기준에 나를 맞추는 건 본인이 힘들어지지 않을까요? 여러분의 연애를 다른 사람의 기준에 맞춘다는 건 그 연애에 '나'의 색깔이 흐려지는 거 아닐까라는 생각을 합니다.

내가 좋아해서 따라다니며 열 번 찍어 넘어뜨려도 보고, 날 정말 사랑해주는 사람을 만나며 마음이 끌려도 보고하면서 자연스레 사랑을 쟁취하셨으면 좋겠습니다. 전자의 사랑도, 후자의 사랑도 매력 있습니다. 중요한 건 사람들이 정의내리는 사랑을 곧이곧대로 따르는 것이 아니라, 내 마음이 끌리는 대로 할 것!

사랑에 정답이 어디 있나요.
내가 하는 사랑이 곧 정답이죠.

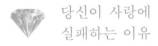

당신이 사랑에
실패하는 이유

깊게 사랑에 빠진 사람들 중, 사랑에 실패하는 사람들에게는 크게 2가지 공통점이 있습니다.

첫 번째는 페이스 조절을 하지 못하는 경우가 많다는 것입니다. 예를 들면 마라톤을 해야 하는데, 100m 단거리 달리듯 달려버리는 겁니다. 상대방의 감정 속도는 마라톤인데, 혼자 100m 결승선에 도착해 기다리고 있는 거죠. 땀은 식어서 춥지, 배는 고프지, 상대방은 도착할 기미도 안 보이지. 결국 상대방에게 실망하게 되고, 상대방은 그런 본인에게 굉장히 부담을 느낍니다. 이 경우에는 사랑이 이루어지기가 힘든 거 같아요.

두 번째는 사랑에 빠지는 동안 자존감이 낮아진다는 것입니다. 평소엔 이만하면 괜찮지.라고 생각하고 살았던 내 외모가, 정말 사랑하는 사람이 생기면 좁쌀만한 여드름도 신경 쓰이게 됩니다. 그리고 내 자신이 한없이 초라해 보입니다.

"분명히 여드름 보겠지? 여드름 있는 남자 싫어할 것 같은데⋯."

"아, 오늘 진짜 못생겼네⋯. 좀 이따 데이트해야 되는데 큰일 났다."

외모뿐만 아니라, 성격, 학벌, 스펙까지 다 끌어와 상대방에 비해 내가 부족한 점들을 찾고 혼자 가슴 아파합니다. 결국 그런 차이들이 내가 그 사람에게 쉬이 다가갈 수 없는 이유라고 생각하면서요. 이런 자신감 없고 자존감 낮은 모습들은 분명 상대방에게 드러나게 됩니다. 그리고 상대방은 당연히 그런 사람을 좋아할 리 없겠죠.

경우에 따라 거리의 차이는 있겠지만, 적어도 사랑은 100m 정도의 짧은 거리는 아닐 거라고 생각해요. 그렇기에 솔직함이라는 명목으로 100m 달리듯 초반에 자신의 모든 면을 드러낸다면 상대방은 압박감을 느끼게 됩니다.

"이 사람이 날 이렇게 좋아해 주는데, 난 아직 그럴 준비가 안 되어있는데⋯."

사랑은 의무감이나 책임감으로 시작하는 게 아니거든요. 만일 그렇게 사랑을 시작한다 해도 그렇게 시작한 사랑은 불균형을 초래하고, 어느 한 쪽의 일방적인 "갑질"로 인해 비극적인 결말로 이어지는 경우가 많은 것 같습니다.

그렇기에 정말 좋더라도 초반에는 감정을 절제하고 상대방이 어떤 성향인지 파악하는 게 우선인 거 같아요. 5km를 뛸 사람인지, 10km를 뛸 사람인지, 아니면 하프를 뛸 사람인지 파악한 후 그에 맞는 러닝 코스를 짜야겠죠.

그렇게 천천히, 그러나 꾸준히 마음을 표현하면 가랑비에 옷 젖는다는 말처럼 어느새 상대방의 마음에 스며들 수 있는 것 같습니다.

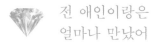

전 애인이랑은
얼마나 만났어

E라는 형이 있습니다. 얼굴도 잘생기고 키도 훤칠해, 쉼 없이 연애를 합니다. 그런데 성격은 까칠하고 예민한 편이라 연애를 할 때 여자친구와 많이 싸웁니다. 헤어지는 이유가 대개 비슷해서 참 안타까운 경우가 많은데요, 이 형이 항상 연애를 할 때 여자친구에게 하는 질문이 있습니다.

"전 남자친구랑은 얼마나 만났어?"

그리고 여자친구가 그 질문에 답을 하면 다시금 질문합니다.

"뭐 하는 사람이었어? 어떤 점이 좋았는데?"

처음엔 듣고 괜찮은 척합니다. 차라리 여기서 끝나면 다행입니다만 여자친구와 싸울 때마다 이런 말을 합니다.

"그럼 다시 걔 만나지 왜?", "걔는 안 이랬어?"

나이가 어렸을 땐 그러려니 했지만, 30줄이 넘은 지금도 그렇게 연애를 하니 외모에 혹해서 다가왔던 여자친구들도 E의 성격에 정이 떨어져 금방 떠나게 됩니다.

연애를 하면 의외로 E 같은 사람들이 많습니다. 이 사람들의 공통적인 정서는 이런 거겠죠. 서로에게 솔직해야 더 진실한 연애를 할 수 있다는.

그런데 사실 이런 연애는 솔직과 진실이라기보다, 솔직과 진실로 포장된 집착과 구속에 더 가깝습니다. 서로가 누구를 만났고, 몇 번을 만났으며, 그 사람과 어떤 관계였나. 이런 질문들은 들어봤자 서로에게 득이 될 것이 없습니다. 어느 정도 감정의 공유가 됐을 때 조심스레 애기해도 모자랄 판에, 연애 초기에 이런 질문은 정말 최악입니다.

솔직함을 핑계로, 연인의 휴대폰 비밀번호를 공유하고, 일일이 자료를 검열하며 끊임없이 의심하는 것도 비슷한 경우 같습니다. 아무리 연인이라도 최소한의 프라이버시는 존중해줘야 한다고 생각하고, 그래야 서로 건강한 연애를 할 수 있다고 생각합니다.

질문을 좀 바꿔보면 어떨까 싶습니다. 그 사람의 전 연애가 정말 궁금해서 미칠 것 같다면, "전 남자친구는 어땠어? 뭐 하는 사람이었어?"라고 묻기보다, "연애를 하며 가장 행복했던 순간은 언제였어? 가장 사랑받고 있다고 느낄 때가 언제였어?'라고 묻는다면 어떨까요? 상대방은 자연스레 행복했던 기억을 떠올릴 것이고, 그런 경험들을 애기해준다면 그 사람이 행복한 순간을 자연스레 공유할 수 있고, 또 그 사람과 함께 하는 현재에 최선을 다하고 감사하며 더 큰 행복이라는 선물을 줄 수 있지 않을까요? 그렇게 상대방을 존중하고 믿어주며 연애를 한다면, 좀 더 굳건하고 건강한 사랑의 열매가 맺어지지 않을까 싶습니다.

말실수를 줄이는
다섯 가지 방법

1 뒷말을 하지 않는다

말은 돌고 돌아 언젠가 당사자의 귀에 들어가게 되어있다. 그 사람 앞에서 할 수 없는 말은 뒤에서도 하지 않는 것이 좋으며, 그 사람이 없는 자리에서 비판을 해야 할 경우, 당사자가 들어도 납득할 만한 타당한 이유를 들어야 한다.

2 자신의 뜻과 다르다면 동조하지 않는다

자신의 생각과는 다르지만 대화하는 사람의 기분을 맞춰주기 위해 그 사람의 말에 무의식적으로 동의하는 경우가 있다. 그러나 그것이 나중에 더 큰 화를 불러올 수 있다. 내 생각과 다르다면 상대의 말을 주의 깊게 들어주고 '네가 그렇게 생각하고 있었구나'라고 대답해주며 호응해주되, '나도 그렇게 생각해'라고 동조하지 말아야 한다.

3 의사표현을 명확히 한다

'글쎄, 그럴 수도 있고 아닐 수도 있고…. '

'다음에 기회가 있으면….'

말끝을 흐리며 여지를 남기지 말자. 부드럽지만 단호하게 의사를 전달해야 오해가 생기지 않는다.

4 할까 말까 망설임이 드는 말은 하지 않는다

생각 없이 말해서 후회하기도 하지만, 충분히 생각했음에도 후회하는 경우가 있다. 할까 말까 망설이게 한다는 것은, 해서는 안 되는 이유가 어느 정도 있다는 것이다. 실수를 줄이고 싶다면 말을 아끼는 것이 좋다.

5 쉽게 설레발치거나 자랑하지 않는다

의도치 않았지만 자신의 자랑이 누군가에게 상처가 될 수도 있다. 또 지금은 잘 될 것 같고 무조건 성공할 것 같지만 모든 일이 언제나 계획대로 흘러가는 것은 아니므로, 그 설레발이 후에 말실수가 될 수 있다는 것을 기억해야 한다.

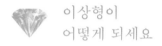

이상형이
어떻게 되세요

최근에 친구들하고 대화를 하면서 이상형 얘기가 나왔어요. 매번 '감사할 줄 알고 사랑받고 사랑할 줄 아는 분이 좋아.'라고 하니, 그것 말고 좀 더 구체적으로 얘기해보라더군요. 스펙이라든지, 키라든지, 연예인 닮은 꼴이라든지요. 딱히 떠오르는 게 없어 집에 와서 곰곰이 생각해보니까 확실히 전보다는 구체적으로 그려지기는 하더라고요.

종업원께 예의 바르게 대하는 사람이 좋아요. 택시나 자가용보다 대중교통이나 걷는 걸 좋아하는 사람이 좋아요. 재미없는 제 긴 글도 정성스레 읽어주는 사람이 좋고요. 제가 알뜰하지는 않거든요, 그래서 종량제 봉투를 꽉 안 채우고 버리는데 그거 꽉 안 채워서 버렸다고 절 혼내줄 수 있는 알뜰한 사람이었으면 좋겠어요.

그리고 자주 하늘을 보며 미소 지을 수 있는 여유가 있는 사람이면 좋겠어요. 식당에서 음식이 늦게 나오면 '왜 안 나와?'라고 짜증 내지 않고, '늦게 나오니까 진짜 맛있겠다.'라며 웃는 긍정적인 사람이면 좋을 거 같아요.

또, 가끔씩 손편지 써주는 사람. 한강에서 산책하다가 뜬금없이 달리기하자고 하는 사람. 서점 가서 책 냄새 맡는 거 좋아하는 사람. 지하철에서 책 읽는 사람. 슬픈 영화 보면 주변 신경 안 쓰고 펑펑 울만큼 감수성이 풍부한 사람. 조용한 겨울 바다를 좋아하는 사람.

나처럼 젓가락질 어색하게 하는 사람. 자주 웃고, 팔짱보다 손잡는 걸 좋아하는 사람. 가끔 이상한 셀카 보내면서 '잘 나왔어?'라고 진지하게 물어보는 사람, 그래서 날 배시시 웃게 만드는 사람이라면 더할 나위 행복할 거 같아요. 사소한 거 같지만, 절대 사소하지 않은 행동들이에요.

그 사람의 가치관과 삶의 태도가 은연중에 뚝뚝 묻어나거든요. 그래서 사랑이라는 게 참 어렵고 까다로운가 봐요.

사랑을 확인받고 싶은
진짜 이유

며칠 전, 야근을 해서 힘들고 지친 상태로 학교 근처 작은 카페에 들러 카페라테를 주문했습니다. 벨도 없는 카페라 주인 분이 직접 목소리로 메뉴가 완성됐다는 걸 말씀하셨습니다. 그런데 좀 특이한 점을 발견했어요. 보통은 '카페라테 나왔습니다.' 라거나 '아메리카노 나왔습니다'라고 하는데,

"달달하고 따뜻한 카페라테 나왔습니다."
"쓰지 않고 담백한 아메리카노 나왔습니다."
라고 말씀하시더라고요. 메뉴를 건네주는 주인 분의 표정에서 자부심과 친절함, 그리고 행복함이 보였습니다. 물론 맛은 늘 마시던 카페라테였지만, 잠시나마 달달한 카페라테를 먹는 제 모습을 상상한 것만으로도 기분이 좋아지더군요.

사랑한다는 표현도 이와 마찬가지인 거 같습니

다. 누군가는 표정이나 행동의 변화 없이 사랑한다는 말을 합니다. 그럼 듣는 사람의 입장에서는 아무런 상상도, 사랑도 느낄 수가 없습니다. 소름이 끼칠 수도 있겠죠.

반면에 누군가는 다정한 눈빛으로 상대방을 바라보며 말하거나, 꼭 안아주면서 귀에 속삭일 겁니다. 어제 종일 부족한 글솜씨로 널 생각하면서 손편지를 썼다고 쑥스럽게 말하며 얘기하거나, 칼바람이 부는 날 데이트를 할 때면 따뜻하게 데워진 핫팩을 손에 쥐어주면서 말하는 경우.

미세먼지가 많으니 집에 갈 때 꼭 쓰고 가라고 마스크를 건네주는 사람, 마스크 쓰기 전에 마지막으로 입 맞추자고 귀엽게 입술을 내미는 사람에게는 사랑이 느껴집니다. 그리고 그 사람과 보냈던 시간과 앞으로 함께 할 시간을 상상하게 되겠죠.

사랑을 확인받고 싶어 하는 대부분의 애인은 서로에게 거창한 걸 바라는 게 아닙니다. 나를 바라보는 사랑스런 눈빛, 스쳐 지나가듯 한 말을 세심하게 챙겨주는 배려, 지나간 추억을 기억하고 다가올 미래를 함께 그릴 수 있는 사람이었으면 할 거예요.

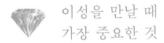

이성을 만날 때
가장 중요한 것

혹시 굉장히 매력적인 이성을 사랑해보신 적 있으신가요? 인간은 자신보다 매력적인 사람들에게 호감을 느낀다고 합니다. 그 매력은 다양하겠지요. 외모, 학벌, 직업, 말투뿐만 아니라 가느다랗고 곧게 뻗은 손가락, 웃을 때 보이는 가지런하고 하얀 치아, 메뉴판을 내 쪽으로 보이게 놓아주고, 거꾸로 된 글자를 힘겹게 읽는 귀여운 배려 같은 소소한 것들에도 반하기도 합니다. 반한 사람은 상대의 그러한 매력이 너무나 강력하고 크게 느껴지죠.

하지만 반대의 상황도 한번 생각해볼까요? A가 먼저 B에게 반했지만, 시간이 지나 B가 A를 더 사랑하게 되는 경우요. 잘 나가고 콧대 높은 B도 A 앞에서는 자신이 가진 자존심, 부, 명예는 '따위'가 되어 버립니다. 정말 사랑하는 사람 앞에선 아무것도 중요치 않은 거죠.

<노팅힐>이라는 영화가 있습니다. 이 영화의 주인공은 유명한 영화배우 안나와 작은 서점을 운영하는 윌리엄입니다. 영화에서 제가 가장 감동적으로 봤던 장면을 글로 소개할까 합니다. 오해로 인해 안나에 대한 마음을 접은 윌리엄에게 안나가 직접 찾아가서 사랑을 고백하는 장면입니다. 작은 서점으로 찾아와 자신에게 떨리는 목소리로 사랑을 고백하는 안나에게 윌리엄은 "당신은 너무 유명하고 아름답고, 나랑 어울리지 않아요. 그러니 안 만나는 게 좋겠네요."라고 말합니다. 그런데 그 말을 들은 안나는 눈물을 흘리며 윌리엄에게 이렇게 이야기합니다.

"잊지 말아요. 난 단지 여자일 뿐이라는 걸. 한 남자 앞에 서서 사랑을 구하는…."

저는 이성을 만날 때 가장 중요한 두 가지가 '사랑과 대화'라는 생각을 합니다. 물론 스펙이나 외모를 보고 잘 만나는 커플도 있지만, 사실 제가 바라는 이상향은 '대화가 잘 통하는 커플'입니다. 따뜻한 말을 하는 사람은 따뜻한 말을 들어주는 사람을 만나고, 참으로 사랑스럽다는 느낌이 드는 사람은 그 사랑을 담을 큰 그릇을 가진 사람과 만나더군요. 그리고 그런 커플들이 정말 행복해 보였습니다.

머리가 아니라 마음 깊숙이 사랑하는 사람들의 공통점은, "만나고 있는 사람 어때?"라는 질문을 했을 때, 그 사람의 특징을 스펙으로 서술하기보다는, 어떤 사소한 행동에 끌렸는지, 함께 있으면 얼마나 행복한지 같은 부분들을 먼저 얘기하는 거 같습니다. 그리고 그 말을 할 때 그 사람들의 표정은 정말 행복해 보였습니다.

누군가에게 그런 사람이 된다는 것, 그리고 그런 사람을 만날 수 있다는 것만으로도 참으로 축복받고 행복한 인생이 될 수 있는 것 같아요. 여러분도 누군가에게 그런 존재가 되셨으면, 그리고 사랑하는 누군가가 나에게 가슴 벅찬 감동을 선물해줄 수 있는 사람이기를 바라겠습니다.

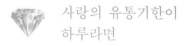

사랑의 유통기한이 하루라면

　진정한 사랑의 기준이나 답은 아마 사람마다 다 다를 겁니다. 진정한 사랑에 대해 누군가는 헤어졌을 때의 충격을 얘기하겠고, (2주 동안 식음을 전폐할 정도로 소중한 사람이었어.) 누군가는 함께 있을 때의 느낌으로 얘기하겠고, (아무것도 안 하고 손만 잡고 있어도 따뜻하고 통하는 느낌이 들어.) 누군가는 그 사람의 재력이 자신을 진정한 사랑으로 이끈다고 합니다. (인사드리러 갔는데 방이 5개더라. 그때부터 난 이 사람에게 완전히 빠져버렸어.)

　그렇다면 이런 질문을 해보겠습니다. 지금 여러분이 사랑하는, 혹은 사랑할 운명의 연인의 기억력이 하루라면, 사랑을 나눈 다음 날 당신을 낯선 사람 취급한다면, 그래도 평생 사랑할 수 있을까요? 보통은 "사람은 사계절을 봐야 한다."라는 속담이 있을 정도로, 사랑이라는 것은 함께 보낸 시간과 경험만큼 천천히, 그리고 자연스레 스며드는 감정이라고 생각할 텐데요.

하지만 <첫 키스만 50번째>라는 영화에 나오는 헨리는 다릅니다. 루시라는 단기 기억상실증 환자에게 첫눈에 반하게 됩니다. 영화를 보는 제가 안타까울 정도로 정말 다양한 방법으로 최선을 다합니다. 하루에 나눌 수 있는 사랑의 최선을 선물해도, 거짓말처럼 자고 일어나면 루시는 헨리를 잊습니다. 슬프죠. 그럼에도 불구하고 헨리는 포기하지 않습니다. 언젠간 루시가 자신을 기억할 거라고 생각하며 끊임없이 노력합니다. '사랑은 노력하는 것이 아니다'라고들 하지만 가끔은 사랑이야말로 노력해야하는 것이 아닌가 합니다. 좋아하는 사람을 위해 그 사람이 했던 사소한 말을 기억하고, 그 사람이 좋아하는 행동들을 하는 것도 노력이니까요.

영화의 마지막에 헨리와 루시는 결혼을 해서 행복한 가정을 꾸립니다. 루시의 단기 기억상실증이 나았냐구요? 아닙니다. 헨리는 루시와 함께했던 세월들의 하이라이트를 비디오로 남겨, 루시가 아침에 잠에서 깰 때 볼 수 있게 합니다.

"당신은 사고로 기억상실증에 걸렸고, 나를 만나서 아름다운 추억들을 함께 그렸습니다. 그리고 우리는 평생을 함께하기로 약속했어요."

요즈음 우리는 부모님 세대와 달리 정말 다양한 루트로 사랑을 찾습니다. 그리고 그 떨림의 감정이 가시기도 전에 이 사람과 내가 안 맞는구나, 이 사람은 이런 점이 아쉽구나,라고 생각하고 쉬이 포기하는 경우가 있는 것 같습니다. 나와 더 잘 맞는 사람들을 다양한 루트로 찾을 수 있다고 생각하기 때문입니다. 하지만 그렇게 더 잘 맞는다고 생각한 사람을 만나도 비슷한 감정을 느낍니다. 몇 십 년간 달리 살았기에 서로의 가치관과 생각이 다를 수밖에 없기 때문입니다. 언제든 선택을 할 수 있다면 그 선택의 무게가 가벼울 수밖에 없지 않을까요? 그래서 책임과 노력이 사랑이라는 단어와 어울리지 않는다고 생각할 수도 있을 것 같습니다.

설렘이라는 감정은 일시적입니다. 화려한 집의 아름다운 외관일 수도 있습니다. 반면에 책임과 노력, 이해는 지속적입니다. 화려하진 않지만 단단한 뼈대가 될 거 같습니다. 지금보다 조금 더 어렸을 때 집의 외관을 중시했던 것 같습니다. 하지만 시간이 지나며 함께 있을 때 정말 편하고 행복했던 사람들은 대개 뼈대가 단단한 사람들이었다는 생각이 듭니다.

화려하지 않더라도 튼튼한 뼈대를 갖고 누군가를 편안하게 해줄 수 있는 사람이 되고 싶습니다. 그리고 그런 사람들과 함께 오래도록 흔들리지 않는 아름다운 미래를 만들어나가고 싶습니다.

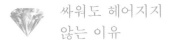
싸워도 헤어지지
않는 이유

핑장히 친한 형이 있습니다. 그리고 그 형에게
는 4년을 사귄 여자친구가 있습니다. 그 형과 친하
다 보니 그 형의 여자친구를 자주 봐요. 솔직히 말
하면, 제 기준에서 둘이 엄청 잘 맞는 것 같지는 않
았습니다. 셋이서 족발을 먹으러 간 적이 있는데요.
마늘 족발을 시킬지 불족발을 시킬지 갖고 티격태
격하더군요.

제가 그리던 연애는, 마늘 알레르기가 있어도
사랑하는 사람이 마늘 족발을 먹고 싶어 하면, 두드
러기가 나는 한이 있더라도 마늘 족발을 먹는 것이
거든요. 그뿐만이 아니라 사소한 것 가지고도 잘 싸
웁니다. 아메리카노가 너무 뜨겁지 않냐고 하면 이
게 뭐가 뜨겁냐고. 뜨거운 게 뭔지 모르냐고 하며
다투기 시작해서, 저녁 약속을 취소하고 각자 집에

가버린 적도 있습니다. 또 별거 아닌 걸로 여자친구와 다툰 그 날, 그 형이 저한테 커피나 한잔하자고 하더군요. 그날 그 형에게 조심스레 물어봤습니다.

"형, 근데 그렇게 자주 싸우면 안 힘들어요? 서로 에너지 소모가 장난 아닐 거 같은데."

그러자 그 형이 웃으며 말하더라고요.

"힘들어. 잘 안 맞지. 근데 나 걔 없으면 못 살아."

형의 이야기를 들으며 이전에 봤던 〈노트북〉이라는 영화가 생각났습니다. 성격, 살아온 환경, 타이밍 그 어느 것 하나 맞지 않지만, 오로지 사랑 하나만으로 서로에게 미친 듯이 끌리는 엘리라는 여자와 노아라는 남자가 있습니다. 오로지 사랑만을 위해 살았으며, 그 사랑을 이룬 한 남자와 폭풍 같은 사랑에 함께 휩쓸린 여자.

사랑에 대한 생각과 가치관은 서로 다르겠지만, 미친 듯이 싸우고 죽을 만큼 힘들어도, 다시 돌아서면 미친 듯이 안고 싶고 죽을 만큼 보고 싶은 그런 사랑, 함께 있을 때 정말 나다울 수 있는 그런 사랑,

그런 사람을 만날 수 있는 것도 인생의 행복이겠구나,라는 생각이 들었어요.

그 형과 여자친구는 지금도 싸우고 있을까요? 아니면 웃으며 장난치고 있을까요? 분명한 건 둘은 서로가 없으면 못 살 거예요.

행복을 풀어내는 법

세계적으로 유명한 공학자이자 '구글X'의 신규사
업개발총책임자(CBO)인 모 가댓(Mo Gawdat)의
<행복을 풀다>라는 책에 이런 구절이 있다

'행복은 언제나 그 자리, 우리 안에 있다. 인간이란
존재가 애초부터 그렇게 설계되어 있기 때문이다.'

상당수의 사람들은 행복이라는 것은 현재는 가질
수 없는, 거창한 꿈이라고 생각하는 경우가 많다.
행복하기 위해 살아간다고 하면서 정작 현재의 고
난은 나중의 행복을 느끼기 위한 당연한 희생으로
여긴다.

하지만 지금 내가 있는 곳, 내가 만나는 사람들, 내가 경험하는 일상들에서도 충분히 행복을 느낄 수 있다. 지금 눈 앞의 행복도 찾지 못하면서 미래에 행복이 있을것이라 단정할 수는 없을 것이다.
행복은 거창한 미래가 아니라 소소한 현재다.

'나는 무엇이 될 거야. 그러면 행복해질 거야.'
'나는 얼마를 벌 거야. 그러면 행복해질 거야.'

어떻게 될지 모르는 미래를 위해, 현재의 행복을 미뤄두기보다는 지금 이 순간 소소한 행복을 찾아보는 건 어떨까?

현재를 값지고 기쁘게 살아가는 순간, 훨씬 더 나은 미래도 펼쳐질 것이다.

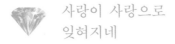
사랑이 사랑으로
잊혀지네

연인 사이에서 헤어짐이란 정도의 차이가 있을
뿐, 누구에게나 아프고 힘든 일입니다. 몇 년 전이
었을까요, 오랜만에 모임에서 본 친구가 반송장이
되어 나타났습니다. 볼살은 푹 패어있고, 수염은 듬
성듬성 나서 누가 봐도 무슨 일이 있는 것 같았습니
다. 모두가 놀라 그 친구에게 물어봤죠. 그러나 다
들 속으로는 예상하고 있었을 겁니다. 짐작대로 그
친구는 오래 사귄 연인에게 이별을 통보받았고, 파
도처럼 밀려오는 아픔에 상처받고 고통 받고 있었
습니다.

모임엔 술을 마시러 나왔다고 하더라고요. 혼자
마시면 자살 생각까지 한다고. 심지어 이틀 전엔 옥
상 난간에까지 올라갔었다고 합니다. 평소에 술을
잘 마시지 않는 친구였음에도 불구하고, 술을 들이
붓더라고요. 그래야 좀 덜 힘들답니다.

"괜찮아, 더 좋은 사람 만날 거야, 여자가 걔뿐이냐, 네가 아까웠어."

친구들은 으레 하는 위로를 건넸지만, 그 친구는 더 힘들어했던 것 같습니다. 기억이 잘 나지 않지만 저는 이렇게 얘기했던 것 같아요.

"잘 헤어졌어, 걔 별로였어. 이런 소리는 안 할게. 너 만났던 사람 정말 괜찮은 사람이었어."

"응, 그렇게 말해줘서 고마워."

"모두가 이별하고 모두가 사랑하고, 낯선 사람은 내 사람이 되었다가 다시 낯선 사람이 되는 거야. 하지만 언젠가는 그 낯선 사람이 평생 내 사람으로 머물겠지. 깊었던 만큼 충분히 아파했으면 좋겠다. 그리고 그 아픔의 깊이보다 더 깊게 사랑하고 행복했으면 하고. 아, 그리고 혹시나 다시 만난다고 연락하면 웃으면서 축하해줄게."

<미 비포 유>라는 영화가 있습니다. 엄친아의 표본인 윌이라는 남자주인공은 불의의 사고로 전신마비로 살아가게 됩니다. 만능스포츠맨이었던 그가 전동휠체어 하나에 의지해 왼손 엄지, 검지만 까딱거릴 수 있게 된 겁니다. 오랜만에 찾아온 사랑했던 연인은, 가장 친한 남자인 친구와 교제 사실을 말하

지만, 그는 의자를 던져버리거나 친구의 얼굴에 주먹을 날릴 수도 없습니다. 그저, 속으로 분노를 삭일 수밖에 없습니다.

그런 그에게 루라는 여자가 다가옵니다. 도우미 역할로 고용됐지만, 윌은 루에게 끌리는 자신을 발견해요. 밀어내고 또 밀어내도 오뚝이처럼 굳게 서서, 분노와 절망으로 가득 차 있던 그의 마음에 사랑과 희망을 가득 채워줍니다. 그리고 영화 중반에 윌은 루에게 이렇게 얘기합니다.

"그거 알아요, 클라크? 아침에 눈을 뜨고 싶은 유일한 이유가 당신이라는 걸."

가슴 아프도록 행복하고 따뜻했던 사랑이었고, 서로에게 진실로 다가왔던 그런 사랑이어서 좋았어요. 사랑이라는 건 단순히 같이 잠자리를 하고 다음 날 서로의 향기를 나눌 때 깊어지는 게 아니라, 그 사람이 갖고 있던 아픔과 절망을 함께 덜어줄 때 깊어지는 게 아닐까 싶습니다.

그 친구는 어떻게 됐을까요? 사랑이 사랑으로 잊혀진다고, 루같이 매력적인 새로운 인연을 만나

세상 행복하게 살고 있습니다. 사랑하는 사람과의 이별로 인해 힘들어하고 계신다면, 마음껏 힘들어하고 극복하셨으면 좋겠습니다. 아픔이 어느 정도 무뎌졌을 때, 여러분에게 새로운 사랑이 찾아올 거예요.

못은 뺄 수 있지만
자국은 영원히 남아요

<너의 결혼식>이라는 영화가 있습니다. 이 영화는 황우연이라는 사고뭉치 학생이 전학 온 환승희라는 학생에게 홀딱 반하며 시작됩니다. 끊임없이 들이대는 우연이에게 승희도 마음을 열려고 하지만, 집안 사정으로 승희가 전학을 가며 그들은 계속 엇갈리게 됩니다. 결국 몇 년을 돌고 돌아 만나게 되는데요, 처음엔 죽고 못 살 거 같았지만 현실적인 문제로 우연이의 마음이 많이 힘들어져요.

체육 교사를 목표로 임용을 준비했는데도 잘 안되고, 주변 친구들이 취업을 해서 행복하게 사는 모습에 조급함이 생겨버린 거죠. 사랑에 균열이 가기 시작합니다. 그러다 그 균열이 와장창 깨져버리는 사건이 발생합니다.

승희 아버지의 장례식장에서 친구와 대화를 나

누다가 너무 힘들어서 하지 말아야 할 말을 꺼내요. '승희를 구하려다 어깨를 다친 이후, 인생이 잘 안 풀린다. 만약 그때 승희를 만나지 않았다면 어땠을까?' 승희와의 만남 자체를 부정해버리는 말을 하는데, 뒤에서 승희가 이 말을 듣고 있었어요. 야속하죠. 타이밍이라는 게 말입니다.

그리고 승희는 그런 우연이에게 이별을 고합니다. 이래저래 다 해보고 내가 잘못했다, 미안하다, 그렇게 심하게 말해서 미안하다.라고 하는 우연이에게 승희는 희미하게 미소를 띠며 이렇게 얘기합니다.

"그 얘기를 못 잊는 게 아냐, 네가 그런 생각을 했다는 걸 못 잊는 거지."

못을 잘못 박아서 빼낸다고 하더라도, 못이 박혀있던 자국은 그대로 남아있어요. 급하게 못을 뺐더라도, 우연이의 못은 승희에게 큰 자국으로 영원히 남았을 겁니다. 첫사랑의 의미가 각기 다를 수도 있지만, 이 영화는 누구나 자신의 첫사랑에 대해 다시금 생각할 수 있게 해줍니다.

그리고 아무리 힘들고 지치더라도, 서로의 시간과 추억 그리고 사랑은 부정하지 말아야겠다는 생각이 들었어요.

연인 관계에 계신 분들도 순간 감정이 벅차올라 서로에게 큰 못을 박고 계시진 않나 한번 생각해보시면 좋을 거 같아요. 아메리카노가 뜨겁다고 싸우는 건 괜찮아요. 마늘 족발이랑 불족발로 싸우는 것도 괜찮아요. 그런데 서로의 만남마저 부정하지는 않으셨으면 좋겠어요.

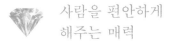

사람을 편안하게
해주는 매력

　아는 동생이 우울하다고 전화가 왔습니다. 대학교 때 친했던 동기가 있었는데, 최근에 갑자기 자신을 흉보고 다닌다고 해요. 그리고 받을 게 있는데, 자기를 만나고 싶지도 않은 거 같다고 합니다. 연락해보니 굉장히 차가운 목소리로 '택배 보내줄 테니 주소 얘기해.'라고 말했다고 합니다. 여리고 착한 심성을 가진 투명한 호수 같은 동생이라, 누군가 던진 작은 돌의 잔잔한 파동조차 견디기 힘든가봅니다.

　"무슨 일인지 물어봤어? 걔 왜 그런데? 택배 보내준다고 할 때 왜 아무 말 안 했어? 욕이라도 한바탕해 주지."라고 하지 않았습니다. 아마 본인이 머릿속으로 충분히 했던 생각들일 겁니다. 그 친구의 하소연이 끝나고, "많이 힘들지?"라고 물어봤습니다. 그러자 갑자기 목소리에 울음이 섞입니다. 다들 해결책을 제시해주려 해서 오빠도 그럴 거 같았는데 그냥 자기 마음에 공감해줘서 갑자기 눈물이 났다고 합니다.

잠시 침묵이 흐른 뒤, 조심스레 말을 꺼냈습니다.

"법륜 스님이 해주신 얘긴데, 우리가 꽃을 볼 때 예쁘다, 아름답다라고만 생각하지 꽃이 우리를 좋아해 주길 바라지 않잖아. 그런데 인간관계에서는 이상하게 사람들한테 기대를 많이 하게 된다? 내가 그 사람을 좋아하면, 그 사람도 날 좋아하길 바라고, 그게 심해지면 집착이 되잖아.

그런데 사실 인간관계도 꽃과 마찬가지인 거 같아. 내가 무언가를 해줬다고 그 사람도 내게 무언가를 해주길 바라는 마음보다는, 그 사람한테 무언가를 해줬다는 내 행복에 집중하는 게 좋은 거 같아. 그럼 마음이 조금은 편해지더라고. 힘들 텐데 조금이나마 도움이 되었으면 좋겠어."

말이 끝나자, 조용히 듣고 있던 동생이 작은 목소리로 "고민 상담 들어줘서 고마워. 덕분에 기분이 너무 편안해졌어."라고 합니다. 저도 "고민 상담해줘서 고마워."라고 대답했습니다.

　누군가에게 자신의 고민을 털어놓고, 의지할 수 있는 쉼터 같은 존재로 남을 수 있다는 게 참 행복하고 감사한 거 같습니다. 통화가 끝나기 전 동생이, "오빠는 사람을 편안하게 해주고 기분 좋게 해주는 매력을 가졌어. 그 능력을 꼭 다른 사람들한테도 전해줬으면 좋겠어."라고 말합니다. 이 동생은 식당에서 종업원이 반찬을 가져다주시면 들릴 듯 말 듯 작게라도 꼭 '감사합니다.'라고 하는 마음이 이쁘고 선한 친구입니다. 동생이 좋은 것만 보고, 좋은 말만 하는 사람들 곁에서 행복했으면 좋겠네요.

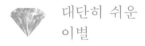

대단히 쉬운
이별

집 근처 스타벅스를 자주 가는 편입니다. 특히 2층 창가 자리를 굉장히 좋아하는데요, 딱히 할 게 없을 땐 창가 너머로 사람들을 구경합니다. 터미널 근처라 참 다양한 사람들을 볼 수 있어요. 손을 꼬옥 잡고 서로의 얼굴을 마주 보며 횡단보도를 건너는 멀리서 봐도 참 꽁냥꽁냥한 커플부터, 단체로 휴가를 나온 거 같은 군인들, 등에 한껏 짐을 이고 가시는 아주머니까지. 걷는 속도, 숙여진 고개를 통해 그들의 기분을 유추해보곤 합니다.

몇달 전이었을까요, 별다를 게 없는 토요일 오전이었던 것 같습니다. 한참 그렇게 창밖의 사람들을 보고 있는데 어떤 남자와 여자가 2층으로 올라오더니 제 뒷자리에 앉더라고요.

"따뜻한 카페라떼 맞지?"

"응."

주문을 하려 가기 전, 남자가 여자에게 자연스레 메뉴를 확인받는 걸 봐서 그들은 오래된 연인 사이 같았습니다. 몇 분 뒤 남자가 커피를 들고 그녀의 맞은편에 앉았습니다. 제가 있는 자리에서는 여자의 얼굴이 보였고, 남자는 뒷모습만 볼 수 있었습니다. 조용한 토요일 아침. 2층엔 저와 저 멀리 노트북을 하고 있는 몇 명의 학생 그리고 두 남녀.

창가를 보고 있었지만 자연스레 그들에게 관심이 갔습니다. 자세한 대화는 들리지 않았지만 분위기로 유추해 보건대, 그들은 헤어지는 중이었습니다. 언제든 손을 잡고 사랑을 속삭일 수 있는 거리에 있지만 그러지 않는 걸 봐서 두 사람 사이에는 감정적으로 극복할 수 없는 굉장히 큰 벽이 있는 것 같았고, 남자의 뒷모습이 조금씩 들썩일 때마다 여자의 눈에서도 눈물이 흘렀습니다.

그렇게 30분 정도 지났을까요, 마시지도 않은 커피 두 잔을 그 자리에 그대로 놓고 나갑니다. 계단을 내려가는 소리가 유난히 슬펐던 것 같아요. 2층 창가에서 그들의 마지막을 지켜봅니다. 서로의 얼굴을 마주 보지 않고, 멀지도 가깝지도 않은 적당한 거리를 유지한 채 함께 횡단보도를 건너갑니다. 그리고 여자는 버스 정류장쪽, 남자는 그 반대쪽. 10초 정도 지났을까요, 남자는 가만히 멈춰서서 여자가 간 쪽으로 몸을 돌립니다. 그렇게 잠시, 이윽고 몸을 돌려 발걸음을 내딛습니다. 완연한 끝.

그들은 이별이 이렇게 쉬운 건 줄 알았을까요. 불과 몇 년 전까지만 하더라도 미세먼지라는 단어조차 몰랐던 우리처럼, 그들도 그들이 이별할 거라는 걸 꿈에도 생각지 못했겠죠. 떨리는 첫 만남, 처음으로 술을 마시고 손을 잡았을 때 심장의 요동 소리, 그녀의 주사가 편의점에 들러 메로나를 먹는 거라는 걸 알게 됐을 때, 함께 아침을 맞이하고 사랑스런 눈으로 그녀의 자는 모습을 바라볼 때.

유난히 각지고 넓은 남자의 어깨에 자연스레 머리를 기대고, 남자의 넓은 가슴을 두 손으로 꽉 안을 때, 기념일도 아닌데 기분이 안 좋아 보인다며 좋아하는 꽃 선물을 하는 남자의 입술에 살며시 입맞출 때의 떨림. 오직 나만이 누릴 수 있는 그 특권에 행복해하며 영원을 약속했겠죠.

<연애의 온도>라는 영화에서 이런 대사가 나와
요.

　　"사랑한다고 백 번, 천 번 얘기해도 헤어지자는
말 한마디로 끝나는 게 연인관계예요. 우연히 만나,
우연히 사랑하고, 우연히 헤어지고 인생 자체가 그
냥 우연의 과정인 거죠. 어떤 의미 같은 건 없어요."

　　인연이라고 생각했는데 결국 우연이었던 걸까
요. 그들이 앉아있던 의자에 남아있던 그들의 온기
는 금방 없어지고, 따뜻했던 커피는 차갑게 식은 채
로 책상 위에 덩그러니 남겨져 있었습니다.

　　그렇게 30분 정도 앉아있었을까요, 직원분이 2
층으로 올라오셨고 차갑게 식은 커피를 정리하셨습
니다. 마지막 그들의 흔적마저 사라지는 걸 본 그날
유독 쓸쓸함의 여운이 오래 남았습니다.

해답보다 침묵이
필요한 순간

'신경 쓰지 마. 별 거 아니야.'
'신경 쓸 일도 아니구만, 난 뭐 큰일인줄 알았네.'

믿을 만한 사람이라고 생각해서 힘들게 고민을 털어놓았을 때, 생각보다 많은 사람들이 그 고민을 대수롭지 않게 생각한다. 그런 경험을 겪어보지도 못했으면서 다 이해한다는 듯.

그들은 문제를 결론짓고 해결책을 내려주고 싶어한다. 그렇게 상대방의 고민에 무감각한 사람들에게, 어렵게 말문을 연 사람은 자신의 마음을 서서히 닫는다.

고민을 갖고 있는 대부분의 사람에게는 해결책보다
그 상황에 대한 깊은 공감이 필요하다.

그냥 이야기를 들어주는 것만으로도, 눈을 맞추고
고개를 끄덕여주는 것만으로도 고민을 갖고 있는
사람에게는 큰 힘이 된다.

우리에겐 명쾌한 해답보다
공감의 침묵이 필요하다.

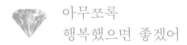

아무쪼록
행복했으면 좋겠어

누군가가 연애를 한다고 했을 때 "뭐 하는 사람이야?"라는 질문이 실례일 수도 있을 거 같다는 생각이 들어서 그냥 예쁘게 만났으면 좋겠다고 말하고 마는 편입니다. 2년 전 C에게도 그랬던 거 같은데요, C가 최근에 2년을 만났던 남자친구와 헤어졌습니다.

건강한 연인 사이라면 대개 주변 지인들에게 연인과의 소소한 일들에 대해 공유하고 싶어 합니다. "지영아, 어제 민혁이랑 싸웠는데 이거 누가 잘못한 거야? 들어봐.", "민석아, 그때 보여준 내 여자친구 기억나지? 일주일 뒤면 100일인데 어떤 선물을 해주면 좋을까?"

그런데 C는 이상하리만큼 남자친구에 대한 이

야기를 하지 않았어요. 제가 먼저 묻는 성격도 아니었고, 그 외에 다양한 주제로 얘기를 할 수 있을 만큼 똑똑한 사람이라 별 신경 쓰지 않고 있었죠. 그렇기에 유독 C의 이별은 급작스럽게 느껴졌습니다.

어떻게 헤어졌냐, 그 사람이 누나에게 어떤 사람이었냐고 묻진 않았지만 궁금해 하는 제 눈빛을 눈치 챘는지 C가 먼저 말을 꺼내더라고요.

"너도 알다시피 난 굉장히 감성적인 사람이잖아. 그런데 그 사람은 나와는 정반대였어. 데이트를 할 때도 계획대로 움직였고, 정해진 시간 외에는 날 만나지 않았어. 물론 나도 바빠서 그런지 거기에 대한 불만은 딱히 없었긴 했지만…. 진짜 진짜 싫었던 게 하나 있어."

"뭔데?"

"넌 사랑한다는 말을 어떤 식으로 해?"

"온 맘 다해 하겠지."

"그러니까 구체적으로 어떤 방법으로?"

"다정한 눈빛으로 그 사람을 바라보며 하거나, 꽉 안아주면서 귀에 속삭이겠지. 어제 종일 부족한 글솜씨로 널 생각하면서 손편지를 썼다고 쑥스럽게 말하며 얘기하거나, 칼바람이 부는 날 데이트를 할 때면 따뜻하게 데워진 핫팩을 손에 쥐어주면서 말하겠지."

"응. 나도 너랑 같아. 소박하지만 따뜻한 그런 감정의 공유를 원해. 그런데 그 사람은 아니었어. 시간 되면 나오는 급식처럼, 사랑한다는 말을 아무 감정 없이 했어. 그게 초반엔 잘 몰랐는데, 시간이 지날수록 소름이 끼치더라."

"듣는 나도 그렇네. 어떻게 사랑한다는 표현을 그런 식으로 할 수가 있어?"

"그러니까…. 근데 최근에 그 사람한테 계속 연락이 와. 미안하다고 한 번만 더 기회를 달라고."

"누나는 어떤데?"

"모르겠어. 너도 내 성격 알잖아. 쉽게 못 끊는 거. 더구나 2년이란 시간을 연인으로 지내왔으니 더더욱 그래."

5초 정도 생각하던 저는 C에게 이렇게 물었습니다.

"누나, 그 사람 다시 만나면 행복할 거 같아?"

그러자 C는 고개를 젓습니다.

"아니, 안정적인 느낌은 있지만 행복하진 않을 거 같아. 난 사랑받는 기분을 느끼고 싶어."

"응, 누나. 그분의 얘기를 들어보니 나쁜 사람은 아니야. 그냥 다를 뿐이지. 그런데 난 누나가 그 사람을 다시 만난다고 해도 똑같은 이유로 실망하고 헤어질 거 같아. 우리 같은 감성적인 사람들은 그래. 아무리 똑똑하고 잘 나가더라도 사랑이 없으면 안 되잖아. 비싸고 화려한 외제차라도 기름이 없으면 시동이 안 걸리듯."

C는 고개를 끄덕입니다. 아마 저보다도 충분히 많이 생각했겠죠. C의 전 남자친구를 탓하는 건 아닙니다. 설렘보다는 안정성을 좋아하고, 정성보다는 효율을 추구하는 사람들에게는 좋은 연애 상대일수도 있겠죠. 하지만 C는, C와 비슷한 사람을 만나야지만 시너지가 나는 사람입니다.

아프다고 하면 "괜찮아? 푹 쉬어."라고 얘기하고 끝내는 게 아니라, 직접 죽을 사서 얼굴을 보러 오는 사람, 스쳐 지나가면서 했던 소소한 말들을 소중하게 기억해서 예상치 못한 감동을 선사하는 사람, 그런 사람을 만났을 때 C도 온전히 C다워지지 않을까라는 생각이 들더라고요.

"누나, 선택은 누나가 하는 거고, 나는 아무쪼록 누나가 행복했으면 좋겠어."

C가 웃으며 고개를 끄덕입니다.

"고마워, 조심히 가."

누군가가 제게 고민을 털어놓을 때, 그만큼 내가 그 사람에게 편안한 사람이 되었다고 느껴질 때 참 행복해요. 저는 C 같은 사람들과 서로의 감정을 공유하고 따뜻한 대화를 나눌 때가 참 편안하고 좋아요. 문득, C도 저를 그렇게 생각해주면 좋을 것 같다는 생각이 드네요.

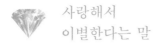 사랑해서
이별한다는 말

사랑해서 헤어진다는 말, 어떻게 생각하세요? 예전에 저는 말도 안 된다고 생각했습니다. 사랑하는데 그 어떤 힘든 일이 있더라도 사랑을 지키고 이어나가야지 어떻게 헤어질 수가 있냐고 그런 궤변이 어디 있냐고, 상처받기 싫으니까 먼저 도망치는 거라고, 그럴싸하게 자신을 포장하는 거라고 생각했어요.

A라는 남자가 있습니다. 정말 평범한 사람입니다. 6년 차 직장인. 일주일에 한 번씩 좋아하는 사람들과 술을 마시고, 내 집 마련이라는 꿈을 갖고 한 달에 100만 원씩 적금을 넣습니다. 장래희망은 좋은 아빠. B라는 전 여자친구를 자전거 동아리에서 우연히 만나 3년 정도 사귀었습니다. B는 평범하지 않았습니다. 굉장히 잘 사는 집에서 사랑받으

며 자랐고, 사업적인 재능도 있어 젊은 나이에 금전적인 성공을 이뤘습니다.

둘은 정말 사랑했습니다. 함께 한강에서 자전거를 탔고, 손잡고 집 근처 산책로를 거닐며 맥주를 마셨습니다. 늦은 저녁, 공원 벤치에 앉아 달을 보며 서로의 미래에 대해 진지하게 얘기하곤 했습니다. 그 둘은 사랑한다면 무엇이든 극복할 수 있을 거라 생각했어요. 그리고 사귄 지 3년이 되던 해, A는 B의 부모님과 식사를 하게 됩니다. 식사 자리는 나쁘지 않았습니다.

B의 부모님은 A에게 B를 얼마나 사랑하는지 묻고, 인상이 좋아 보인다 되게 착실하게 살아왔다.같은 칭찬을 해주셨습니다. 돌아오는 길, 자리가 끝나고 긴장이 풀리자 A는 친한 친구들에게 전화를 돌립니다.

"야, 나 B 부모님이랑 식사하고 오는 길이야. 좋게 봐주신 거 같아. 결혼하냐고? 몰라 임마."

그렇게 일주일 정도 지났을까요, B의 어머니에게 연락이 왔습니다.

"A씨, B에게는 얘기하지 말고 따로 커피 한잔해요."

A를 만난 어머님은 왜 B가 A를 만날 수 없는지에 대해 한참을 얘기했습니다. B가 걱정이 돼서 아직 결혼은 시기상조인 거 같다. 지금 사업도 더 배워야 하고, 내년에는 유학을 보낼 거다. 딸에게는 오늘 만났다는 거 얘기하지 않았으면 좋겠다. 이해해 달라. 좋게 좋게 돌려 말했지만 의미는 이거였죠. 내 딸과 헤어졌으면 좋겠다.

계단을 두 칸씩 오르고 싶었어요. 다리를 쭉 찢고 몇 번 연습하니 쉽게 되더라고요. 그렇게 세 칸도 성공했습니다. 네 칸까지도 가능할 거 같았습니다. 그런데 다섯 칸부터는 제 다리 길이로는 무리였습니다. 2층에 가려면 30칸 정도의 계단을 올라가야 하는데 그건 절대 한 번에 올라갈 수 없었어요. 날개가 없는 이상.

A도 그랬을 거예요. 네 칸의 위치라 믿었는데, 조금만 노력하면 닿을 수 있을 거라 생각했는데 알고 보니 30칸을 한 번에 올라가야 했던 거죠. A에게는 날개도 없었고요. 그 순간 A가 느꼈을 절망과 상실감은 이루 말할 수 없었을 겁니다. 서로가 더 힘들고 아프기 전에 그는 B에게 이별을 고합니다. 이별을 말하는 사람이 이별을 통보받는 사람보다

훨씬 더 힘들었습니다. 사랑하는 사람의 마음을 아프게 했다는 죄책감, 왜? 라고 자신의 가슴을 주먹으로 세게 때리며 우는 B에게 사실을 얘기할 수 없고,

"그냥…. 잘 안 맞는 거 같아."라며 감정을 숨길 수밖에 없는 현실. 참 씁쓸하죠. A가 했던 사랑을 본 후엔, 사랑해서 헤어진다는 말을 조금은 이해할 수 있게 됐습니다.

<뷰티인사이드>라는 영화에 나오는 장면인데요, 우진이라는 주인공이 자신 때문에 정신이 이상해지고 사람들에게 손가락질 받는 이수를 위해 정말 아무렇지 않은 채 담담하게 이별을 고하는 장면입니다. 우진은 과연 이수를 사랑하지 않았기에 이별을 고한 걸까요? 그건 아닌 거 같습니다. 상대방이 더 아프고 힘들지 않았으면 좋겠다는 마음이었겠죠. 그토록 사랑하고 위했기에 헤어졌다는 생각이 듭니다.

어제 처음으로 라이브 방송을 해봤는데요. 국적이 다른 장거리 연애의 헤어짐을 어떻게 받아들여야 하는지에 대해 질문해주셨습니다. 대부분의 다른 분들은 사랑하면 거리는 중요하지 않다, 극복할

수 있다는 방향으로 답변해주셨지만, 저는 그리 간단하게 생각할 문제가 아닌 거 같아 답변을 좀 보류했습니다.

보고 싶을 때 볼 수 없고 안고 싶을 때 안을 수 없다는 건 연인 사이의 가장 치명적인 약점인 것 같습니다. 그 사람의 힘듦과 고통을 사랑의 당연한 과정이라 생각한 채 연애를 지속하는 것도 어떻게 보면 이기적인 행동이지 않을까요? 사랑에 정답이 있겠냐마는, 언젠간 30칸을 한 번에 넘을 수 있겠지라는 이루어질 수 없는 꿈을 안고 상대방을 힘들게 하는 사랑보다는 훨씬 더 아름답지 않을까 조심스레 생각해봅니다.

깨진 접시는
다시 붙지 않는다

2년 전까지만 하더라도, 전 연애가 유리 접시와 비슷하다는 생각을 했습니다. 접시는 깨끗하게 쓰고, 주기적으로 잘 닦아주면 항상 반짝반짝하고 청결한 상태를 유지할 수 있습니다. 하지만, 누군가가 접시를 떨어뜨리거나 접시가 식탁 모서리에 세게 부딪친다면요? 접시는 깨져버립니다. 깨진 접시에 테이프를 붙이거나, 본드를 붙이는 경우는 없습니다. 어린 시절, 터진 바지도 항상 꿰매서 입을 만큼 알뜰했던 어머니도 접시가 깨지면 아쉬운 표정으로 빗자루로 조각들을 쓰레받기에 담으셨습니다.

연애도 마찬가지라고 생각했습니다. 조각난 관계를 주웠던 적이 있었는데 날카로운 상처들에 찔려 마음에 피가 난 적이 있었습니다. 그 후에는, 한 번 헤어지게 되면 그 순간 관계는 조각나서 영영 끝난다고 생각했습니다.

"민창아, 형 장가간다."

1년 전쯤이었을까요, 친하게 지내던 형에게 오랜만에 연락이 왔습니다. 축의금 수거하려고 연락했냐고 짓궂게 농담을 하면서, 콧대 높은 형이랑 결혼하는 사람이 도대체 누구냐고 장난스레 물어봤습니다. 그러자 그 형이 그러더라고요. 마지막에 헤어졌던 그녀라고. 약간 당황했습니다. 그 형은 3년을 만나던 분이 있었습니다. 그리고 1년 전에 그 분과 헤어졌었거든요. 둘이서 맥주를 마실 때마다, 매번 "사랑은 유리 접시와 같아. 깨지면 붙일 수 없어."를 슬로건처럼 함께 외쳤던 형이었는데 말입니다.

제 마음을 읽었는지 형이 말을 이었습니다.

"이별을 극복할 수 있을 거라 생각했는데, 걔의 빈자리가 너무나도 크더라. 그렇게 두 달을 폐인처럼 살다가 다시 연락하게 됐는데 걔도 나와 같은 마음이었어. 그렇게 다시 만남을 시작하게 됐고, 이 사람 아니면 안 되겠다는 생각에 생각보다 빨리 결혼하게 됐어. 민창아, 유리 접시처럼 깨지면 끝일 줄 알았는데, 붙이면 티타늄 접시가 되는 경우도 있더라."

　최근에 그 형의 카카오톡 프로필 사진을 보니 너무나 귀여운 아기 사진이 있습니다. 형과 형수님이 앞으로도 서로 배려하고 사랑하며 행복하게 살았으면 좋겠습니다. 사랑은 접시와는 다르다는 것을 증명하면서 말입니다.

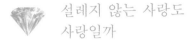

설레지 않는 사랑도
사랑일까

"오래 연애하고 결혼했는데 설렘이 사라진 것 같아요. 다시 설레고 싶은데 어떻게 해야 하는지 모르겠어요."

혹시 에너지 음료 즐겨 드시나요? 안 드신다고 하시더라도 핫X스 같은 에너지 음료가 어떤 효과를 주는지 아실 거예요. 신진대사 작용이 활발해지고 심장이 빨리 뛰며, 활력을 찾아줍니다. 그런데 그 에너지 음료의 효과가 평생 간다면 어떻게 될까요? 좋은 점보다도 아마 부작용이 훨씬 클 겁니다.

저는 '설렘'이라는 감정도 이 음료의 효과 비슷하다고 생각해요. 사랑이 처음 시작될 땐 도파민과 세로토닌이라는 호르몬의 강력한 분비로 인해 바라만 봐도 떨리고, 썸남 썸녀를 위해선 뭐든지 다 할 수 있을 거 같고, 안 되는 시간도 억지로 만들어 통화를 하고 얼굴을 보죠.

"그거 좋아하세요? 저도 그거 좋아하는데!"

다른 점은 보이지가 않고 비슷한 점만 보입니다. 운명이라고 생각하는 거죠. 그 사람이 특별해서 그런 걸까요? 아뇨, 처음엔 다 그렇습니다. 전문 용어로 '신장개업 효과'라고 하죠.

식당이나 카페의 경우에서 알 수 있습니다. 처음에야 디자인 이쁘고 새로 생겼으니 사람들이 자주 찾아가지만, 가장 중요한 점은 그 신장개업 효과 사라졌을 때 어떤 메뉴로 고객의 마음을 사로잡을 것인가, 이 카페나 식당만의 메리트는 무엇인가가 중요해지는 거죠.

사랑도 마찬가지인 거 같습니다. 설렘이 없어졌을 때, 그 사람의 본 모습이 보이는 거고, 그 미지근함에 대처하는 게 사랑을 지속할 수 있는 원동력인 거 같아요. 설렘도 사랑의 굉장히 중요한 요소지만, 저는 익숙함과 편안함(물론 익숙함과 편안함을 가장한 소홀함은 굉장히 나쁜 신호지만요.)이 연인 사이의 가장 중요한 요소라고 생각합니다.

내 표정만 봐도 '이 사람이 지금 뭐 때문에 힘들구나, 그럼 내가 어떤 행동을 해야겠다.'라고 알아주고, 서로가 무엇을 좋아하고 무엇을 싫어하는지 너무도 잘 아는 그런 사랑도 축복이라고 생각해요. 바로 옆에 나를 잘 알아주는 편안한 사람의 존재에 감사하고 그 편안함을 축복으로 받아들이시면 좋을 것 같습니다.

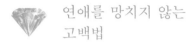

연애를 망치지 않는
고백법

"맘에 드는 남자애가 있는데 말도 한 번 못 걸어 봤어요. 어떻게 하면 제가 이 남자애와 사귈 수 있을까요?"

헬스를 시작한 지 어느덧 6개월 차입니다. 그중에 벤치프레스라는 운동이 있습니다. 누워서 바벨을 들었다 놨다 하는 가슴 운동입니다. 처음엔 빈 봉으로 시작하지만, 바벨에 원판을 끼우며 무게를 천천히 늘려가면 가슴 근육이 커지고 모양이 예뻐집니다. 최근에 제가 100kg 3개를 낑낑대며 들었습니다. 많이 드는 건 아니지만 처음에 벤치프레스를 하다 70kg의 바벨에 깔렸을 때를 생각하면 상상도 못 할 일입니다. 꾸준히 해서 무게를 올렸다는 데 의의를 두고 있습니다.

고백도 벤치프레스와 비슷하다는 생각이 듭니다. 말도 한 번 못 걸어봤다는 건 벤치프레스를 한 번도 들어보지 않았다는 것과 비슷하겠죠. 그런데 갑자기 고백을 한다는 건, 처음부터 100kg의 벤치프레스를 들겠다는 것과 비슷합니다. 엄청난 매력을 갖고 있지 않은 이상, 실패해서 깔려버릴 수도 있습니다. 뜬금없는 고백은 상대방에게 굉장한 부담이 될 수도 있습니다.

그렇기에 처음부터 100kg을 드는 것보다, 기구에 앉아 빈 봉의 무게를 느껴보는 것부터 시작하면 어떨까 싶습니다. 어떻게 하면 말을 걸 수 있을까, 어떻게 하면 스터디를 같이 할 수 있을까, 어떻게 하면 같이 커피를 한잔할 수 있을까라는 가벼운 질문부터 시작하는 겁니다.

그러면서 상대방과 천천히, 그리고 탄탄하게 관계를 쌓은 뒤 자연스레 고백을 하면 어떨까 싶습니다. 중요한 건 상대방의 감정이 어느 정도 차오를 때까지 기다려주고 배려해주는 마음의 여유이지 않을까 싶어요.

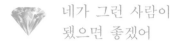 네가 그런 사람이
됐으면 좋겠어

알고 지내는 여동생이 있습니다. 그 동생이 남자친구에게 하는 걸 보면 한 번씩 참 못됐다 싶습니다. 자기 기분 안 좋다고 다짜고짜 전화해서 상처 주고, 저녁 늦게 갑자기 연락해서 집 앞으로 오라고 한다거나, 피곤하다고 약속 30분 전에 일주일 전에 잡은 여행을 취소합니다. 아마 남자친구는 동생에게 멋지게 보이기 위해 3일 전부터 가슴 설레며 만남을 기다렸을 텐데 말입니다.

이런 동생이 최근에 이별했습니다. 남자친구가 동생한테 "왜 한 번도 자기한테 다정하게 굴어준 적 없어?"라고 말하며 헤어지자고 말했다고 하네요. 동생은 미안해서 그 자리에서 계속 울기만 했답니다. 꽤 오랜 기간 만났는데 정말 한 번도 잘해준 적이 없었답니다.

전화기 너머로 울먹거리는 동생의 목소리를 들으며, "그러게. 좀 잘해주지. 왜 그랬어."라고 푸념 섞인 질책을 해봅니다. 동생도 "내가 정말 나빴어."라고 하네요. 가만히 동생의 말을 들어주고 있었습니다. 동생은 전 남자친구와의 추억들을 하나하나 꺼내더라고요. 그중에 제일 가슴 아프고 미안했던 추억에 관한 이야기를 시작했습니다. 이건 평생 못 잊을 거 같다고.

동생이 다른 일로 기분이 안 좋은 상태였답니다. 그래서 무슨 일 있냐고 물어보는 남자친구의 말을 어떻게든 꼬투리 잡아 화풀이를 했다고 해요. 거기다 동생이 싫어하는 비까지 추적추적 내리는 날씨였다고 하네요.

그날 남자친구와의 약속이 있어서 뾰로통한 얼굴로 약속장소로 가는 중에, 반대편 건널목에 서 있는 남자친구를 봤다고 합니다. 신호가 바뀌고 다급하게 뛰어오는 남자친구의 손에 꽃다발이 있었대요. 자기 때문에 기분 많이 안 좋았냐면서 미안하다고 꽃을 줬다고 합니다. 동생은 너무 미안하고 감동받아서 울었다고 합니다.

<화성에서 온 남자, 금성에서 온 여자>라는 제목의 책이 있듯, 여자와 남자는 사고회로 자체가 다른 거 같아요. 간단한 예로, 여자친구의 "연락하지마"라는 말은 "내가 지금 화가 굉장히 많이 났으니 너는 어떻게든 내 화를 풀어줘."로 해석할 수 있습니다. (케이스 바이 케이스지만 아마 상당수가 그러지 않을까 싶습니다.) 이때 진짜 그 말뜻을 곧이곧대로 믿고 연락하지 않으면 큰일 납니다.

또 다른 질문으로는 "뭐가 미안한데?"가 있습니다. 이때 "그냥 다 미안해"라고 하면 큰일 납니다. 여자친구가 원하는 건 자기가 화난 포인트에 대해 정확히 파악하고 그 부분에 대한 진실된 사과를 하는 것이거든요.

그런데 이것도 잘못한 게 있을 때 얘기지, 저 동생처럼 기분이 안 좋다고 화를 내면 답이 없습니다. 동생의 전 남자친구는 참 착하기도 하지만, 동생을 정말 많이 사랑했구나 싶습니다. 본인이 뭐가 미안한지 모르지만, 일단 내가 사랑하는 사람이 나로 인해 기분이 풀어졌으면 좋겠다. 라는 생각만 한 거죠.

"내가 뭘 잘못했지?"라고 생각하지 않고, "여자친구의 기분을 어떻게 풀어줄까?"라고 생각한 겁니다. 누가 잘못하고 잘했지라는 계산 자체를 하지 않은 거죠. 그리고 집 근처 꽃집에서 꽃다발을 산 후, 한 손에는 우산, 한 손에는 꽃다발을 들고 비 내리는 약속장소에 먼저 도착해서 동생을 기다렸던 겁니다.

남자친구의 "미안해"라는 한 마디는 동생의 화를 순식간에 덮을 만큼 큰 사랑의 캡슐이었을 겁니다. 사실 남자친구가 아무런 잘못을 한 게 없었다는 걸 동생도 잘 알고 있었으니까요. 이토록 자기를 사랑해주는 사람이 있음에, 그리고 그 사람과 함께 할 수 있는 시간이 소중함을 느낄 수 있음에 미안하고 감동받았을 겁니다.

동생이 "다시는 그런 사람 만날 수 없을 거 같아."라고 합니다. 그래서 제가 "그런 사람을 만나려 하기보다, 니네가 그런 사람이 되면 좋겠어. 헤어져도 계속 생각날 만큼 따뜻하고 고마운 겨울철 전기장판 같은 그런 사람."이라고 말해줬습니다.

아무쪼록 동생이 꼭 그런 사람이 돼서, 따뜻한 연애를 했으면 좋겠습니다.

가볍게 사랑을
말하지 마요

"나 진짜 고민 있어. 오빠라면 해결해줄 수 있을
거 같아."

C라는 동생에게 연락이 왔습니다. 최근에 만나
는 D라는 남자가 있었는데 그 사람 때문에 엄청 상
처를 받았답니다. 들어보니 C는 D를 오랫동안 좋아
했던 거 같아요. 그리고 D가 힘들 때 옆에 계속 있
어 줬다고 하네요. 그런 C에게 D도 마음이 끌렸지
만, 연인관계로는 발전하고 싶지 않다고 말했답니
다.

"우리 더 이상 만나면 안 될 것 같아."

그렇게 몇 달을 만나던 중, D가 C에게 일방적으
로 이별 통보를 하고 연락을 두절했다고 합니다. D
는 결혼할 사람을 찾고 있는데, C는 사랑하지만 결
혼할 사람은 아니었다고 말했답니다. 들으면서 이
게 뭔 소린가 싶었습니다. 옆에 누군가 있어 줬으면

싶지만, 책임은 지기 싫고, 자기를 사랑해주는 누군가가 있으면 좋겠지만, 진지하고 싶지는 않다는 거잖아요. 말도 안 되는 소리죠. 굉장히 답답해져서 C에게 물어봤습니다.

"뭐야, 그럼 D가 널 그냥 가볍게 생각한 거 아냐?"

C는 그렇다고 하기에는 자신을 바라보는 그 사람의 눈빛에서 진심을 느꼈고, 자신에게 사랑한다고 자주 얘기했다고 하네요. 그러면서 "가볍게 생각한 사람한테도 사랑한다고 얘기를 해? 그건 아니지 않아?"라고 저한테 동의를 구합니다.

"사랑한다는 말의 책임감을 모르는 사람이겠지. 그런 사람들에게 사랑한다는 말은 커피 한잔하자는 말의 무게감과 비슷할 거야. 사랑하지만 진지하게 만날 사람은 아니라는 말이 결국 그만큼 사랑하지 않는다는 말 아닐까?"

<500일의 썸머>라는 영화가 있습니다. 톰이라는 남자는 썸머라는 여자에게 첫눈에 반해버리고 그녀가 자신의 운명이라고 생각합니다. 하지만 썸머는 톰과 달리, 연애는 가능해도 사랑은 믿지 않는 여자예요. 운명을 믿지 않습니다. 톰은 썸머에게 최

선을 다합니다. 진심을 보여주면 언젠간 썸머가 변하겠지.라는 기대를 하면서요. 그러나, 연애 이상의 관계에 망설임과 부담감을 느낀 썸머는 확답을 주지 못합니다. 결국 둘의 관계는 틀어지게 되고 썸머는 톰에게 이별을 통보하죠.

썸머는 사랑을 믿지 않았을까요? 아니요. 아직까지 썸머에게 사랑을 느끼게 해준 사람이 없었던 거고, 가슴 아프지만 톰도 썸머에게 그런 사람이었던 거라고 생각해요.

"C야, 많이 힘들겠지만 D를 잊었으면 좋겠어. 넌 참 매력 있고 존중받을만한 사람이야. 그러니 너의 가치를 알아주는 사람을 만났으면 좋겠다."

영화 말미에 톰은, 운명이라는 것은 스스로 만들어나가야 한다는 것을 깨닫고 우연히 만난 '어텀(가을)'이라는 여자에게 데이트 신청을 합니다. 톰은 행복해졌을까요? 전 톰이 어텀으로 인해 행복해졌을 거라고 확신합니다. C에게도 강렬한 여름이 잊힐 만큼 선선하고 편안한 가을 같은 인연이 찾아왔으면 좋겠습니다.

시대 변화의 물결에
휩쓸리지 않는 법

많은 사람들이 빠른 시대 흐름에 발맞추어 스스로 변화해야한다고 말한다. 물론 끊임없이 성장하고 계발하는 것은 좋지만, 시대 변화에 휩쓸리지 않도록 자기 자신을 단련하는 것도 중요할 것이다.

1 자신만의 컨텐츠를 만들어야 한다.
누군가 말했듯, I want to be - (난 무엇을 원한다)의 삶이 아니라 I want to live for - (나는 무엇을 위해 살아가길 원한다)의 삶을 살아야 한다. 그러기 위해선 많은 사람들과 다양한 경험들을 하며 자신만의 아이덴티티를 정립해야 한다.

2 내공을 지닌 사람이 되어야 한다.
내공이란 훈련과 경험을 통해 안으로 쌓인 실력을 말한다. 자신만의 컨텐츠를 구축했다면 포기하지 말고 연구해야한다. 단단한 내공을 지닌 프로는 어떤 변화와 문제상황에도 능숙히 적응이 가능하여 살아남을 수 있다.

3 자신의 가치관을 점검해야 한다.

자신이 생각하는 가치관과 다르지만, 다수가 생각하는 가치관이 자신의 가치관인 것처럼 행동하고 살아가는 사람들이 많다. 사회적인 기준이나 시선에 자신의 가치관이 흔들린다면, 자신에게 한 번 반문해보아야 한다.

'이것이 진짜 내가 생각하는 가치관일까? 아니면 다수가 생각하는 가치관일까?'

이런 생각을 하며 조금씩 자신의 색깔을 찾는다면, 분명 시대 흐름에 휩쓸리지 않는 단단한 자신이 되어있음을 발견하게 될 것이다.

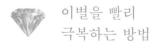

이별을 빨리
극복하는 방법

"헤어졌는데 너무 힘들어요. 어떻게 하면 빨리 잊을 수 있을까요?"

겨울이 추운 이유는 겨울이라 그렇습니다. 두꺼운 목폴라를 입든, 캐시미어 코트를 걸치든, 시베리아 패딩을 입든 추운 건 마찬가지예요. 바닥이 따뜻하고 난로가 빵빵하게 틀어져 있는 방에 들어가 있으면 잠시 겨울을 잊을 수 있어요. 하지만 그 안에서만 겨울을 날 수는 없습니다. 편의점에 들르거나, 사람들을 만나 술 한잔하러 밖으로 나와야 할 거예요. 그럼 순간적으로 추위가 더 크게 느껴지겠죠.

일시적으로 덜 추울 순 있겠지만 겨울은 본질적으로 추운 계절이고, 그 추위를 이겨내려고 애쓰기보다 받아들이는 게 맞다고 생각합니다. 날씨랑 싸워서 어떻게 이겨요. 그렇게 시간이 지나면 자연스레 공기가 바뀌고 날씨가 바뀌고 환경이 바뀝니다. 네, 봄이 옵니다.

이별도 이와 마찬가지라고 생각해요. 이별한 사람에게 이런 걸 해봐, 저런 걸 해봐,라고 얘기한들 굉장히 일시적입니다. 따뜻한 방에 잠시 들어가 있는 거죠. 하지만 그 방은 하루만 빌린 방입니다. 거기서 겨울을 날 수는 없어요. 방을 나오는 순간, 잠시 잊고 있던 칼바람이 더 크게 감정을 덮칩니다.

어떻게 사랑했던 사람을 빨리 잊어요. 사랑한 만큼 아프고 힘든 게 지극히 정상이죠. 이별을 치유할 수 있는 유일한 해결책은 결국 시간인 거 같아요. 상처를 터뜨리고 이별의 아픈 감정을 온전히 받아들였을 때, 그 고통을 감내하고 새살이 돋아나는 과정을 거쳤을 때, 최소한의 흉터만 남은 채 시간이 지났을 때 가끔 생각나는, 친구들과 술 한잔하며 웃어넘길 수 있는 쓸쓸한 추억이 되겠죠.

이별을 빨리 극복할 수 있는 방법은 없다고 생각해요.

지금은 정말 힘드시겠지만 추운 마음의 겨울을 온전히 받아들이시고, 시간이 지나 만물이 태동하는 봄을 자연스레 맞으시길 바랄게요.

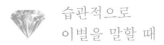

습관적으로
이별을 말할 때

'헤어지자'라는 말을 습관처럼 하는 커플들이 있습니다. 저는 연애에 있어 가장 조심스럽고 신중하게 해야 할 말이 '헤어지자'라는 말이라고 생각합니다. 제가 이전 글에도 말씀드렸듯 관계의 시작에는 기본적으로 책임이 따르게 됩니다. 감정적인 부분이든, 시간적인 부분이든 말입니다.

모든 연애가 다 행복하고 평탄할 수는 없다고 생각합니다. 처음엔 그렇게 사랑스러울 수 없던, 완벽할 것만 같았던 연인의 단점들이 하나하나 보이기 시작합니다. 기념일을 까먹거나, 연락이 재깍재깍 되지 않는 경우들이겠죠. 시간이 지나면 콩깍지는 벗겨지고 연인을 사랑하는 마음보다는 그런 연인의 무심함이 더 크게 다가옵니다.

한데 상대방은 상대방 나름대로 최선을 다했을 겁니다. 기념일을 까먹은 건 연인을 사랑하지 않아서가 아니라, 일이 너무 바쁘거나 원체 곰 같은 사람이라서 그랬을 수도 있고, 연락이 재깍재깍 안 되는 경우에는 너무 피곤해 갑자기 잠이 들었거나, 핸드폰 배터리가 다 닳을 때까지 충전도 하지 않는 둔한 사람이라서 그럴 수도 있습니다. 그런데 이때 콩깍지가 벗겨진 상대방이 '헤어지자'라고 얘기합니다.

연인의 '헤어지자'라는 말에는 많은 의미가 담겨있을 겁니다. '넌 나한테 더 잘해야 돼. 날 봐줘. 좀 더 신경 쓰란 말이야.' 충격요법으로 '헤어지자'라는 말을 한 경우겠죠.

하지만 연인은 그 '헤어지자'라는 말을 곧이곧대로 받아들입니다. 이 때 연인이 하는 행동은 크게 2가지로 나뉘는데요. 첫 번째는 매달리는 경우고, 두 번째는 이별을 받아들이는 경우입니다. 제가 봤을 땐 이 두 가지의 경우 모두 결과가 좋진 않습니다.

첫 번째의 경우는 이 일을 기점으로 사랑의 주

도권을 쥔 쪽의 일방적인 감정적 폭력이 시작됩니다. 조금만 소홀해지면 습관적으로 '헤어지자'라고 말합니다. 한 번 꺼내는 게 힘들지, 두 번째부터는 어렵지 않습니다. 그럼 상대방은 더 매달리게 되고 연인 앞에서 주눅이 들어버립니다. 이 경우는 사랑보다는 복종에 가까운 거 같아요.

두 번째는 서로에게 맞춰볼 노력을 하지도 않은 채 헤어지게 됩니다. 만남과 이별을 굉장히 가벼이 생각하게 되는 거죠. 굉장히 사소한 부분이 불만일지라도, 맞춰볼 노력은 하지 않은 채 헤어지면 그만이라는 가치관이 머릿속에 자리 잡게 됩니다. 연인 사이의 헤어짐이란 참 아프고 힘든 일입니다만 헤어지자는 말을 감정적 폭력으로 사용하거나 만나고 헤어짐을 가벼이 생각하게 된다면 그건 그것대로 참 쓸쓸하고 안타까운 일인 거 같습니다.

'헤어지자'라는 말을 결코 가벼이 하지 않으셨으면 좋겠어요. 그 어떤 말보다 무겁고 책임을 요구하는 행위니까요.

마치며 ―――――――――――――――――

좋은 날과 나쁜 날, 재밌는 날과 재미없는 날,
기쁜 날과 우울한 날
우리는 다양한 날들을 마주하며
새로운 '오늘'을 겪고 살아갑니다.

매 순간들은 우리와 영향을 주고받게 됩니다.
같은 순간을 겪어도
누군가는 그 안에서 희망을 찾고
누군가는 그 안에서 어떤 것도 발견하지 못합니다.

오늘을 행복하게 느끼고 살게 하는 것은
저와 여러분 스스로라고 생각해요.

제 삶의 자그마한 마음의 시작들을 나눴으니,
이제 여러분의 이야기도 들려주시겠어요?

당신의 베풂과 그 이야기에,
저는 자그마한 힘을 보탭니다.

응원해요 당신의 모든 날을

1판 1쇄 발행 | 2019년 12월 18일

지은이 권민창
편 집 정영주

발행인 정영욱 | **기 획** 여태현 | **교 정** 김태은
도서기획제작팀 김 철 여태현 김태은 정영주 정소연
디자인마케팅팀 유채원 홍채은 김은지 백경희 | **영업팀** 정희목

펴낸곳 (주)부크럼
주 소 서울특별시 구로구 구로동 237 지하이시티 1813호
전 화 070-5138-9971~3 (도서기획제작팀)
이메일 editor@bookrum.co.kr
인스타그램 @bookrum.official
블로그 blog.naver.com/s2mfairy
포스트 post.naver.com/s2mfairy

제작처 (주)예인미술